底　色

胡正银　著

成都时代出版社
CHENGDU TIMES PRESS

图书在版编目（CIP）数据

底色／胡正银著．-- 成都：成都时代出版社，
2021.10
　　ISBN 978-7-5464-2847-5

　　Ⅰ．①底… Ⅱ．①胡… Ⅲ．①纪实文学－中国－当代
Ⅳ．① I25

中国版本图书馆CIP数据核字（2021）第137653号

底色

DISE

胡正银　著

出 品 人　　达　海
责任编辑　　张　旭　敬小丽
责任校对　　李　林
装帧设计　　成都惟文文化传播有限公司
责任印制　　张　露

出版发行　　成都时代出版社
电　　话　　(028) 86621237（编辑部）
　　　　　　(028) 86615250（发行部）
网　　址　　www.chengdusd.com
印　　刷　　三河市嵩川印刷有限公司
规　　格　　880mm×1230mm　　1/32
印　　张　　4.75
字　　数　　100千
版　　次　　2021年10月第1版
印　　次　　2021年10月第1次印刷
书　　号　　ISBN 978-7-5464-2847-5
定　　价　　48.00元

人只有献身于社会，才能找出那实际上是短暂而有风险的生命的意义。

—— 爱因斯坦

如何做到脱贫后不返贫？"智力扶贫"很好地回答了这个问题。四川省合江县关工委的一群"五老"（离退休老干部、老战士、老教授、老专家、老模范）志愿者，全力倾注于"智力扶贫"，助力脱贫攻坚。他们全力推动量子农业技术的应用，率先培训新型职业农民，为土地"植根"，帮助贫困孩子入学读书，用活用巧"智力"二字，在平凡中干出了不平凡，改变了一批又一批贫困人群的命运，使他们真正脱离了贫困。

目　录

引　子

会议室很安静，只听见一个人的声音。那声音从蓝色的口罩里传出来，听起来有些瓮声瓮气。围着会议桌坐了20多个人，都戴着口罩，端正坐着。这是爆发新冠肺炎疫情以来，合江县关工委第一次聚在一起讨论工作。

我伏在桌上，用笔在小本子上记着。

"今年是脱贫攻坚最后一年，也是最关键的一年，对我们来说，两项工作要抓紧，时间不等人。一是量子绿色农业技术的推广应用，二是对青年职业农民的技术辅导。当然，常规工作也要同时推进。"是陈维国在说。

2020年的春天注定不平静。正当人们欢度春节的时候，新冠肺炎疫情突然袭来，打乱了原有的正常秩序，把所有人都堵在了"家"这个狭小的空间里。现在终于可以出来了，大家都长长出了一口气。

要在往常，这个会早就开了。一般春节过后，关工委就会安排"五老"（离退休老干部、老战士、老教授、老专家、老模范）志愿者的工作，就得出门，下乡。

"技术培训还干不干？"陈维国刚让大家说说接下来各个团的打算，宋天文就迫不及待地提问了。关工委有七八个工作团，一般情况下宋天文总是最后一个说他的工作，原因是他那个科技团负责的是技术活，内容多且杂，比如新技术的推广应用、新型职业农民的培训等，还要下到地头直接和农民打交道，说起来啰唆，耽搁的时间长，所以每次他都让别的团先说，最后轮到他，时间长则多说，时间不够了就少说点。

"当然要干，只是集中培训的时间要推迟，等疫情完全过去了再说。"陈维国想都不用想，直接回了宋天文。"但是，入户指导现在就可以干了，不能等。"说完又补了一句。

"学校那块的工作更不能干了？"家教、法制等团提出了同样的问题。

"那一块的工作，是不是可以尝试网络远程讲课呢？跟学校衔接一下，看看什么方式更好。"

会议室里又静了下来。一大屋子人坐着，连一向善于总结的刘成云也没说话，大家都在苦思着。

这个"五老"志愿者团队已经存在了近30年，成员发展到了140多人，在全县35个贫困村担任"六个"顾问，做了不少实事。这个时刻，谁也不愿意当闲人。

长江的水，已开始铆足劲头，流动的速度比冬天快了许多，站在会议室窗口，仿佛就能听见河水流走的声音。

"方法各团自己想，工作不能拖。"见大家埋头苦思对策，陈维国最后说。他相信这一群人有办法，会把工作干好。

脚步声响起，似流淌的河水，叮叮咚咚从楼道散开去——

第一章　种　绿

一

　　早春的雨湿冷清冽。雨后，河对岸的油菜花黄灿灿的，特别耀眼。河岸下，清波荡漾的江水盛满春光。眼前，一大片新土覆盖了低洼地，几台推土机缓缓行驶，扬起阵阵暖意。悠悠风景中的多少人情物意，在沧桑中起落沉浮，新旧更替。

　　一大片长满绿树的园子，一片连一片的菜地，一个上了年纪的农人，扛着一把铲子朝我走来，冲我瞄一眼，迅速往新填的土里去，将自己模糊成一团影子，消失在绿树林后。不多时，新土上就响起机器的鸣响，将我的目光引向那片泛着芬芳的泥土。

　　绿色，是日光照耀下泥土里菜苗的折射。我要找的陈显谟，正立在一台推土机旁边，倾着身子与人交谈，看样子是在跟推土机手交代如何平地，旁边一台推土机已经轰鸣着推开一堆新土。相隔一箭之地，杂乱的绿化树还没来得及铲去，浓绿的叶子覆盖了半个园子。尽管从林子已经看不出当初设计者的构想，

但依旧可感知这是一个没有想象力的人,荒废了一片上好的地。

宋天文跳进一旁的地里,蹲下身子,扯起一株茄子秧仔细看。土里的茄子苗大多已经成活,昂首摇绿,承着晨露盈盈地笑。也有少数茄子秧苗半截干枯,被太阳晒焦的叶子紧紧粘在泥土上。"栽的时候泥土湿度不够,根没压紧,需要补苗。"他直起腰来的时候说了一句。

"栽下多久了?"我问。

"四五天吧。"他走出茄子地,说完又去了海椒地。

这是惊蛰后的第十天,春风和煦。

城市的中心,寸土寸金,居然有这样一片土地没有被开发。这里地势平坦,紧贴江边,江水冲积形成的沙地,肥沃得抓一把土就能捏出油来。550亩地,在林立高楼的包围中,风姿绰约般存在,勾引了多少贪婪的目光!1949年以后,这块地就是部队的,据说最早是用来修建飞机场的,因为太狭窄,长度不够,就改为了农场。很长一段时间是承包给个体,种啥的都有,还办了一个游乐场,七零八落的,从来没有规模种植过。去年,重庆潼南的陈显谟来经营这片土地。陈显谟在部队待过,干到了团长的位置,转业后就开始种蔬菜,已经19年,可以说是经验丰富,干这行熟门熟路。他把整个地块重新规划,搞生态农业,种玉米、海椒、茄子,让城里人自己进园,既观光又采摘,亲自闻一闻生态农业的气息,看一看绿色蔬菜的风姿。这个时段,于农时最金贵,农民开始春耕春播,季节蔬菜更是抢早。今年虽然特殊,遇上新冠肺炎疫情,春节起就一直闭门不出,但农时不敢耽误,一年的希望,就在这开春的一锄。

"个别工人技术不到位，茄子要补种一些，海椒活得好。"宋天文走过去，冲陈显谟说。

"哦，谢谢！这些天忙着填土，没顾得上去看。可能茄子秧苗质量不好也是一个原因。"

陈显谟回过头，朝两块地看了一眼，转头对我们笑了一下，额头叠起三道深深的抬头纹，下面是一双明亮的眼睛。他中等身材，黝黑的皮肤，穿一件浅黑色的皮衣，精明而强悍。

走出军营，当起职业农民的陈显谟，对新技术很敏感。来合江后，听说中国管理科学研究院、量子科学研究所、量子绿色农业新技术推广中心在合江建起了中国第一个量子绿色农业科普站，推广应用量子绿色农业技术。用这个技术种植的农作物，不再施用化肥，不使用农药。这可是件大好事，但量子农业究竟是个啥玩意，陈显谟搞不懂，问明了科普站站长叫宋天文，于是给宋天文打了个电话。

其时，宋天文正在承包的园子里施肥，两口子忙不过来，请了两个帮工，几个人正在忙碌。手机叮咚一响，老婆停住，扫了宋天文一眼，宋天文赶快解释："关工委打来的。"随即挂断电话。一袋肥施完，宋天文偷偷躲到厕所，给陈显谟回电："你是哪位？找我有啥事？"陈显谟报了自己的名字，说新来的，在菜坝种菜，想咨询一下。

"量子农业是啥东西？"陈显谟问。

"就是量子技术在农业的应用。说科普一点，应用量子技术对自然进行修复和回归，追求生态、自然的平衡。就是应用量子的特性，运用远缘靶向雾培技术进行衍生，改善土壤、修复植物紊乱的磁场、改善种子胚芽等，促进植物生长，提高

产量。再说直白一点，就是量子育种、施量子肥。"电话里，宋天文这样跟他说。

这可是新技术，得抓住机会。听宋天文这一说，陈显谟心里立刻有了谱。

"我正在整地，想请你帮个忙，来我这儿看看具体怎么弄。"陈显谟说。宋天文问了地整得怎样，好久栽菜苗，便爽快地答应了。

第二天早上八点半，宋天文赶到时，陈显谟请的工人已经到了。他一脚刚踏进地里，就有一名工人迎上来。

"也是来帮工的？"那人问。

"来看看。"宋天文回说。

宋天文意识到应该说是陈显谟请来做技术指导的时，那人已经转身拿菜秧去了。也难怪，尽管宋天文当过农业局局长，在城里住了几十年，但那身打扮始终脱不了农民本色，一件陈旧的灰色衣服上粘着泥点，裤子挽到脚脖子，鞋帮鞋面一层泥，难怪人家要把他当成打工的。宋天文打量了一下四周，两块菜地稀稀拉拉聚集了四十来人，哪个是陈显谟，他搞不清楚，于是立在地头没有动。一会儿，陈显谟从另一头匆匆走来，一边走一边打电话，问宋天文到了没有，看地头有个站着的人在接电话，便赶过来迎接。

地是半个月前就整理好的。宋天文先做示范：打窝，把土弄细，量出一窝需要的量子肥，翻起细土，施肥，再把土覆盖，栽秧，浇水，一气呵成。然后把人分开，让他们照着样子先施底肥，再栽茄秧、海椒秧。两块地，足足栽了三天。

"你不去看看？"宋天文问。

"看看吧，省得心里没底。"陈显谟点一下头。

陈显谟前头走，我们跟着，又回到刚才宋天文看过的菜地。

已经栽好的海椒、茄子各有十亩。因为地整出来的时间较长，长出了浓密的杂草。没成活的苗子，窝里都有大的泥块。

"应该是泥土没弄细，根没压紧，吸收不到水分。"宋天文说。

陈显谟弯下腰，扯起一窝没成活的茄秧看，说的跟宋天文一个意思。

我没再看菜苗的成活情况，那是技术活，让宋天文和陈显谟两个人去探讨。他们都是专家，有共同认识和语言。新填的土引起了我的兴趣。那土，不知从哪个建筑工地拉来的，明显是埋在地底的深层，中间夹着岩石。直觉告诉我，那是生土，不长庄稼，弄成熟土至少需要两三年。

"将就原先的土种菜多好，熟土，收成好。"宋天文和陈显谟从菜地里出来，走到近前时，我冲陈显谟说。

"不行的，这地儿低洼，下大雨就水淹。围墙外就是住宅，小区里的各种脏水都从这儿排，即使能种出蔬菜，也成不了绿色蔬菜。我现在安上排水管，再填上两三米的厚土，彻底解决了污染问题。"陈显谟回我。

"有点可惜，这是生土，种菜恐怕长不好。"

"不怕，等刨平了，开厢后，用量子技术改造，很快就能成熟土。"不等陈显谟回答，宋天文先说了。

"新土与熟土，种庄稼差别很大。一般地，生土头一年

基本不出货，这是常识。20世纪农业学大寨，在乡下参加造百亩大田，山头上好好的熟土被挖走。等到山头挖平，剩下的全是埋在地底的生土，一点肥气都没有，种下的庄稼根本不活。"宋天文话说得肯定，陈显谟脸上也挂着自信的笑。

陈显谟说："光顾着在地头说话，去办公室坐坐吧。"

远远望过去，视线的尽头，连接街口的地方，一栋三层楼房，背景是林立的摩天大厦。小楼我熟悉，那是早前部队的办公楼，当初种在坝子里的几棵小树，已经绿树成荫。只是我不知道，那里，藏着一个秘密。

笔直的一条道，几分钟就走到尽头，到了办公楼前的大门。左边，原来做加工厂的地方，旧房已经拆除，空地上堆着小山一样的废糠壳。后面，传来磕磕的打桩声。循着声音望过去，两个工人在立栅栏，锤子敲打铁桩，扯起栅栏围住那堆废料。我好奇，上前仔细看了看，发现是酒糟。

"这个用来干吗？"我问。

"好东西，用来改造刚填的生土再好不过。"没等陈显谟说话，又是宋天文抢先回我。

"那片地填平开厢后，这东西已经发酵得差不多了，再搅拌到生土中，既做肥料，又疏松土壤，人家陈总早就计划好了。"宋天文继续说。

"疏松土壤应该可以，肥气嘛……"我摇头。

宋天文神秘地笑笑，跟陈显谟说："老胡说的是实话，不过我倒是给你看好了弥补的东西，不晓得你感不感兴趣。四海集团堆得像小山一样的猪粪，拉来混合到这废料中发酵，怎么样？"陈显谟正渴望给新土添肥料，只要能增肥，他还有不感兴趣的？

"哎呀，你真是活菩萨。"陈显谟兴奋得拍手，差点就要跟宋天文拥抱。

"再应用量子技术，就不怕生土。"这话，宋天文像是跟陈显谟说，又像是自言自语。

量子技术在农业上的应用，四川合江是第一个试验推广单位，已经开展了一年多，从试用的农户来看，都是增产增收的范例，宋天文有底气，敢这样说。他的话，不仅让我鼓掌，也让我的思绪一下子穿越了时空。

二

时间倒回 2019 年，晚秋。

早晨，宋天文给我打来电话，说在自己承包的园子里搞量子技术应用，执行主任陈维国和常务副主任刘成云都要去，约好了，问我空不空，空的话就一并过去。"既然打了电话，我还有不去的吗？"我心里说。

江边的早晨，雾时浓时薄，把个天空染得灰蒙蒙的。这是盆地冬季常有的境况。幸好没下雨，否则天空更低得吓人。上山坡就惨了，泥泞水滑，穿得厚重，干活的人得穿上厚厚的雨衣雨裤，或披上蓑衣戴上斗笠，哪还干得了活儿？

联系上两位主任，司机老曾来接上我便一路飞奔。

下高速后，小车沿着二级路穿过白米场，行约两公里便

到了白米镇黄金山村 6 社的路口，再往里就是窄窄的泥石路，仅勉强能容一辆车，路中大坑小凼，小车根本过不去。路两边是荔枝、桂圆树，泥路在绿荫下延伸，不远就完全隐没于林中。

"我已联系了宋天文，他叫车来接。"刘成云说。刘成云是怕陈维国着急，安慰说。陈维国已经 75 岁，在关工委执行主任位置上干了 10 多年了。自量子技术在合江试点农业应用，他就主导关工委在全县选了若干个点试验。今天两人一道，专程来宋天文这个点看看。

停好车，在路口等了一会儿，陈维国试着往里走几步，回头招呼刘成云和我："这路口过去不远了，走过去吧。"

"还是等等吧，车可能一会儿就到。"我担心陈维国年纪大了，容易摔跟头，建议说。

"走吧，来了就上车。"刘成云见陈维国前头走了，也跟了上去。于是，我们三个人深一脚浅一脚往林子里走。

行约百米，迎面一辆越野车开来，女司机伸出头喊一声："领导，上车。"三个人这才上车，颠簸着往点上去。

这个点有桂圆、荔枝、柚子 266 亩，以桂圆为主。5 天前，宋天文开始在桂圆林应用量子技术，对桂圆树实施量子技术管理，今天是最后一天，施量子肥，陈维国和刘成云特地来看看工作做得怎样。宋天文是科技团团长，进关工委"五老"志愿者这个团队已经七八年了。

在陈维国心里，这趟下乡是必须的，这个点必须来。量子技术的应用，关系着农业的前景，关系着生态农业的出路，做好了，不仅农业生态和食品安全能得到前所未有的改善，还能助力一大批贫困农户脱贫致富，这样大规模的应用，很有示范效应。所以，他不顾年高，不顾泥泞路滑，一定要到现场看看。

其实真的不远，从路口过来，一千多米就到了。我们下车时，宋天文早已经在路边等着了。

"这段路是承包下这片地种桂圆树才开通的，当初因为没钱，整了点石子铺在上面，没打水泥，拉东西的重车一压，就烂得不成样子了，正说看在哪儿整点钱，把路面浇上水泥。"看我们的样子有些狼狈，宋天文赶忙解释。

陈维国笑笑，说"你这段路的确要整好才要得，现在这个样子，果子成熟了，采摘运输都不方便，哪个还来你的园子"。宋天文嘴里"是是"地应着，走在前边，把我们往临时搭建的屋子里引，想让我们坐下来歇口气，陈维国却急着要去林子里实地察看。

桂圆林在一个深谷的斜坡上。谷很深，薄薄的雾从沟底漫上来，像绵绵的细雨。林间的路很湿滑，难走，宋天文怕陈维国摔着了，冲他说："陈老就不去林子吧，路有点滑，不好走。"陈维国说："不去我来这儿干啥？"探头看了看，路的确湿滑，便从坝子边上找来一根木棍做拐杖，用力磕了磕，感觉行，便拄着木棍走在后面。

宋天文挽着裤腿走前面，一边走一边指着桂圆树解说。我紧跟在他后面，以便听得真切。林子里的桂圆树都是去年和今年嫁接的新品种，有的刚截枝嫁接不久，成活很好，长得嫩绿嫩绿的。走几步，宋天文便在一棵树前停下，拉过一根枝条，让我们看叶子有啥不同，区分品种，指出其细微的差别。说一共嫁接了五六个新品种，用来做对比，看看哪一个更好，更适

合这地儿种。虽然都用的是量子技术，但品种不同，肯定还是有区别。他很得意，说明年收获的时候请我们再来，尝尝不一样的桂圆。

"这么高的树，量子技术怎么弄？"我一直都不甚明白量子技术是怎么应用的，就问宋天文。

"对于果树，说明白点，就是施底肥和喷叶面肥。改善土壤，修复植物紊乱的磁场。"他回答得从容而自信。

陈维国冲我笑，我一时不知道自己提的问题是不是很幼稚，用眼角去瞟刘成云，想从他那儿得到解答，没想他正忙着用手机拍照。他要把现在的图景拍下来，明年来时好做对比。正犹疑，陈维国紧走几步，跟上来小声告诉我，说我那疑问提得好，或许有不少人不懂这量子技术究竟是什么东西。我也释然一笑，算是回应。

继续在林子里走。

桂圆树下，蓬蒿样的荒草被割尽，土被翻转，量子肥已经施过，用新土覆盖起来。陈维国弯下腰，用手在新土上刨几下，看到刚施下的肥料露出来，赶忙把土盖上。

宋天文很兴奋，脸上始终带着笑，嘴巴不停地说着。

宋天文说别看这林子不起眼，已经 20 年了。20 年前，他作为农业局的科技干部，响应县里的号召，带头下乡承包果园，用技术发展水果产业，带动农民致富。他与另外两个人一起，流转承包了白米镇黄金山村 6 社的这片 200 多亩地，种上桂圆、荔枝和柚子。后来另外两人退出了，他就一个人经营。几年后，一阵风下来的人全都甩手回去了，就他一个人坚持了下来。现在，这片园子就他两口子守着。宋天文68岁，老婆也差不多的年纪，都过了精力旺盛的年龄。宋天文有技术，没精力，大部分时间花在了技术辅导上，园子一直没管好，所以荒草丛生。这回是因为要应用量子技术，请了10多个人，专门干了10多天，割草翻土。看着干干净净的园子，宋天文高兴。

上午10点钟，天阴着，偶尔洒几颗小雨。真是怕啥来啥，怕下雨偏偏就来雨，我们都是上了年纪的人，怕雨打湿衣服会着凉，就匆匆离开林子，往看园子的小屋走。几只鸡不怕雨，扇着翅膀来到树下，不停啄食新土上的食物。一棵树上的藤蔓结满篱笆豆，一位妇女在采摘，摘满一把便装入竹篮里。这种类似豆角的蔬菜，是川南及黔北特有的，不打药，绿色环保，很受人喜爱。我们一行人从园子里回来，看到满竹篮的篱笆豆，个个都很高兴，宋天文更冲摘篱笆豆的人喊："中午炒起，这东西安逸。"又回头朝身后的陈维国和刘成云笑："用量子技术种的，一会儿尝尝，看味道一样不。"

"样子都没变，味道会变？"我怀疑宋天文故意制造神秘，很不以为然。

宋天文不以为意，脸不变色心不跳，说一会儿吃了才晓得，说完诡秘地一笑。我不想跟他打嘴仗，没再接话头。

走到被树荫遮盖的小屋前，大家停下来。这是三间小砖房，承包这片地那年临时搭建用来看园子的。宋天文端几条凳子出来，几个人在走廊里坐下。刘成云接着先前说桂圆的话头，跟宋天文开玩笑："还没结出果实，你就晓得收成能好，桂圆会不一样？"

话题停久了，宋天文愣了一下，片刻反应过来，打个

哈哈说：“报告刘主任，早就试验过了，百分之百有把握。”

刘成云点点头，算是默认了他的话。

坐在一旁的陈维国没参加调侃，只是看着宋天文笑笑。那笑里，溢出的是信任与鼓励。他知道宋天文，为这“包票”已经辛苦了一年多，这也是他今天敢在自己果园大胆实施量子技术的基础。

晚秋的天，似乎也为量子农业这个重大事件增光添彩，早上还阴沉沉的，这时洒下炫目的阳光，似乎在预示前面的光景。我们怀揣一天的收获离开。

人开心，腿脚就勤。从宋天文果园回来的第二天，陈维国叫上司机老曾，一溜烟奔去了汇洞桥村。他是汇洞桥村的顾问，来得就多。但这次来，却另有目的，也可以说是重新踩点。

汇洞桥村虽然离榕山镇不远，但是因道路不通，早年很是贫困，是少有的省级贫困村。直到精准扶贫开始，省里、市里相关领导把这个村作为联系点，投入巨额资金修了通往镇上的公路和环村入户公路，经济才开始有了好转。但是，怎样让脱贫后的人不返贫？村里后续发展方向尤其重要。

“老县长给我们提点建议吧。”时任村支书的周守辉找到陈维国，说是虚心取经。陈维国在县长任上时，周守辉还是个小青年，在福宝镇做团的工作，对老县长很熟悉，知道他骨子里有一种与生俱来的干劲，做县长那会儿，就把农业搞得风生水起。

“靠山吃山靠水吃水，你这半山区的地儿，有发展种植、养殖业的好条件，可以往那个方向思考。现在路通了，运输不愁了。”转了一圈后，陈维国建议说。

村里几个人讨论，觉得实在，是一条好路子。于是，引进了联想集团，种植了 2000 亩沃柑；办起了两个大型养猪场，年出栏 2000 多头肥猪；办起了制衣车间；引进先市酱油；办起文化产业……硬生生把一个贫困村建成了省级乡村示范村。村里人这时才明白，陈维国这个顾问，是既顾又问。一顾一问，不单单是扶贫，他是要为这一事业探索一条可持续之路。

社会不再有贫困，那是他穷尽一生的向往。

这一次来，他是要跟村里建议，水果、粮食也用上量子技术。

我是 4 年前成为合江县关工委"五老"志愿者的。说实话，当时我很犹豫，主要怕时间不够。陈维国说："如果你加入'五老'志愿者，坚持下去，定会大受欢迎。"

我知道那是为了鼓励我，让我下定决心加入"五老"志愿者。

进了队伍之后，下乡，他总愿带着我。我知道他是好意，让我尽快熟悉情况。这回到汇洞桥，他又叫上我。其实这个村我以前没来过，还真想来看看。

下车，村里几个老同志已经等着。罗金华、黄永坤、余吉兴、龙金海，他居然一个一个都能叫出名字。罗金华是早先的老支书，他认识不奇怪，后面的几个普通百姓他也能叫出名来，我在惊讶的同时，真正佩服他工作做得扎实。

"叫几个老年人来干吗？"我怀揣疑问，但没有说出来。接下来就听陈维国说量子农业的事。

我恍然大悟。乡下年轻人大多出去了，这些人虽然上了岁数，可依然是地头的主力。

"你们也可以试试。要不我带你们去看看？"

"老县长说的肯定好。"几个人齐声说"要得"。陈维国跟村里商量，派了一台车，拉着几个人就上路了。

三

时间再往回倒——

五月，杜鹃花开，映山红遍地。那是个有梦的季节。田野里稻谷抽穗，满山满地的绿，被太阳光照得油亮油亮的，很是惹眼。

一大早，还在床上，就接到宋天文相约的电话。我问是不是去他的园子，他说不是，是去虎头镇双河村廖友成那儿。其实，自从跟上他们这群"老科技"以来，下乡成了常态，习惯了。我翻身起床，洗把脸，抓个馒头啃着就出门了。

我去其实就是帮忙记点文字、递一下工具什么的，做现场服务。现代农业，技术活儿我一窍不通，更别说应用了。不过，冲着宋天文的那股热情劲儿，我不能不去。何况，量子技术在农业的应用，我认为是利国利民的大好事，怎么能不出力？我晓得他花了很大的心血，很在乎这个事。

去年这个时候，他就开始躁动了。那天，他跟我聊天，说晚上做了一个梦，梦见自己在稻田里施量子叶面肥，稻子疯长，穗特长，颗粒又大又饱满，当即兴奋得"哇"的一声大叫，醒了。翻身起床，看时间才半夜，坐在床头抽支烟，磨蹭好一阵，听到老婆轻轻叹了口气，知道惊扰她了，才重新睡下。闭着眼睛，想想怎么会做这样的梦，自己没有种水稻，也不清楚量子跟农业有啥关系。好半天，想起白天看到的一则有关量子绿色农业新技术的消息，心里才恍然，慢慢睡过去。

之所以躁动，他说是因为看到了希望。自己那片果园，这些年没少投入，年年施化肥，但园子却"王小二过年——一年不如一年"，土壤板结，肥力退化，虫害越来越严重，桂圆品质越来越差。他承认，因为精力不济，管理上是差了点，但自己的技术可以弥补很多方面。由此他想到了那些种粮食的、种蔬菜的，想到了大片的土地……

上车后，路上我问他对量子技术应用了解多少。他说，量子这个新东西倒是不陌生，电视上看过好多关于量子的新闻，什么量子通信、量子计算机、量子卫星等，但都是用在工业上，没有听说过农业领域也可以应用。"你不晓得，为了弄明白，做梦的第二天，我便开始搜寻相关讯息，打电话咨询。"

"那么认真干吗？农业技术应用推广，有农业部门在干，人家晓得去弄。"我向他泼冷水。

"在岗的人，一天到晚都忙不过来。我们退休了，反正闲得慌，找点事干，时间好混点。"

"结果就揽上活儿了。"我笑。

他却没笑，很严肃地跟我说，人家告诉他，量子技术不仅可以用在农业上，而且还能促进农业产业高效环保、增产增收、绿色生态。中国管理科学研究院、量子科学研究所、量子绿色农业新技术推广中心、三农发展工作委员会、量子绿色农业……这些单位、这些新名词，都是在咨询过程中了解到的。真正入心，是这些单位的帮助，让他了解了量子绿色农业的真

正含义。

"你真行，老了一样用心。"我赞扬。

他摇摇头说："可还是没弄清楚量子技术有啥特殊之处，会不会产生像化肥那样的后遗症。"后来再咨询，人家又告诉他，量子有解决土壤有机质缺残问题的功能，能疏松、修复土壤。量子生物技术就是利用其特性，用有机物质引入量子，改变生物有机结构而得到新生物，这些新生物具有改良土壤、抗寒抗旱、抑制病害、增产增收的功能。"我觉得，这正是绿色农业发展的需要，是个大好事。"说话间，他脸上显现出得意。

我没出声，眼睛看着他，表示在认真听。

他顿了顿，又接着说，为了弄清量子技术应用到底是怎么回事，他还出过洋相。咨询几回之后，他决定去看看，如若真的像人家解答中所说，这样的新技术当然值得推广，那就争取把技术拿回来，为合江农业助力，为脱贫攻坚助力。这样的机会必须抓住，麻烦出在匆忙和急躁上。

那天，吃过早饭，窗户上已经爬满阳光。他看看表，8点过了，冲出门便往车站跑。

"宋团长那么早，要去哪里？"路上，熟识的人好奇他行色匆匆，跟他打招呼。

"出去耍两天，家里闷得很。"他这样回答。人家当然不会相信，调侃一句："看你那行头，就不是出去耍的样子。"

宋天文不理那人的茬，闲着的人永远不懂干事的人的心情，就像歌里所唱："白天不懂夜的黑。"他自顾埋头走路。

宋天文走得很急，竟然在快到车站时才想起身份证忘带了。这可是个大麻烦，出远门必带的证件，别说人家信不信你，一会儿连飞机都上不了。他懊恼地"哦嗬"一声，赶紧折回。

"怎么会出现这种状况？走之前没检查一遍？"听他说到这儿，我的心都紧了，替他着急。

宋天文却很平静，像说的是别人。我晓得他难得出一趟远门，自打退休后，就在县里打转转，这个乡镇那个村社地到处忙，像这样丢下手头的事为了一种技术跑很远还是头一回。不过他接着就笑了，承认说那天的确有些着急，害怕误了飞机，不敢再用脚量那段路，招了个的士飞奔回去。

我说五一假日，出行到处都挤，你有的是时间，何必偏要跟上班族争抢机票，偏要这天出行！他说你不晓得，问题出在等不得，也不能等。咨询的时候，人家约定五号就带技术来试验，自己没看过，不踏实，所以要去实地看看，了解真实情况，毕竟，这年头骗人的不少。

说真的，我很佩服他的脚踏实地、兢兢业业。

那回他出去了三天，回来家都没回，就直接奔县关工委去了。恰好陈维国、刘成云两人都在，他忙把了解到的实情做了汇报。尽管第一次听说量子技术可以用在农业上，但按宋天文所说，这种有利农民增产增收、能改变穷困、在农业具有广阔前景的事，无论是陈维国还是刘成云，都会竭尽全力去做，听了当然高兴。基于对宋天文的信任，那天两个人表现得相当干脆，陈维国说："你放手去干吧，我们全力支持，需要我们做什么只管说。"

宋天文说领导的支持让他更有信心。从五月到七月，他三次邀请量子技术专家来跟种植大户面对面讲解沟通，还催问

人家技术好久落地，得到的肯定答复是最迟三个月。于是，他开始组织培训，邀请专家来讲授技术应用要领。这一干就像打了鸡血，兴奋得停不下来，忙得一塌糊涂。

"今天去做什么？"我问。

"昨天廖友成打电话来，叫去帮忙看看。量子技术应用到荔枝上，他吃不准，怕弄拐了。他的荔枝树都是老树，对量子技术应用很有研究价值。"宋天文回我。

"你今天没事？"

"有事还不是要去，人家铺开了，等着的。"

我突然挺直了脊背，舒展地伸了个懒腰，错身让他前头走，然后两只眼睛盯着他看了好久，感觉他这人真是"实心眼"。

走过十多公里的二级路，又七弯八拐地走了好一段乡村小道，茶园、溪流和散发浓郁芳香的荔枝林。馒头状的小山丘上，绿荫覆盖。我特意穿了最旧的衣裤，脚上是一双半胶半布鞋面成网状的旧鞋。高而瘦的宋天文则一如既往，还是那身黑不溜秋的工作服，看上去有点脏兮兮的。不过还好，原本下来就是干活的，没那么多讲究。

廖友成住的地方叫庙坎上，荔枝林在房前。山丘的斜坡生长着几十棵荔枝树，黑漆漆一片，树荫遮了大半个山头。循着林子，我看到了一顶草帽、弓着的身躯、两只不停起落的黝黑手臂。

廖友成干活是把好手，一早就到了地里。天气不冷不热，但他的脸已经被晒得通红。他双手紧握锄把，每个指头都青筋鼓胀，手背上布满纵横交错的裂纹。泥土，在他手中锄头的起落中翻新。

"恁早就开干了。"宋天文跟他打招呼。

"啊，你们到了！活儿多得很，不早点干不行。"

他直起腰，朝荔枝林看一眼，抬转头对我们笑了一下。汗水，就像突然吹响集结号，顺着额头上叠起的"川"字汇流成河，落到两道浓眉上、凹陷的眼窝里，比他眼神更亮。

我窜过去抓起工具，帮着铲草、翻土，宋天文则跟他讲量子技术要领，做示范，负责技术指导。"先铲去杂草，沿树荫滴水的地方挖开土层，注意不要伤着树根。肥料的用量要准确，不能习惯于大概……"整了大半天，看廖友成基本掌握了技术，可以独立操作了，我们才离开。

7月，我和宋天文又去了一趟，廖友成邀请去吃荔枝。川南的夏天，温度奇高，酷热难耐，要不是怀有某种目的，谁会大热的天跑去乡下受那份罪？挂断电话，宋天文立马叫上我。他去主要是看看量子技术应用效果，叫我去帮忙收集数据。

果然不错。远远就看见黑压压的荔枝树上挂满闪着亮光的果实，像无数盏点亮的红灯笼。廖友成的荔枝丰产了。最典型的是一棵老树，50多年树龄了，之前每年结的果实从来没有超过200斤，我们看到今年结的果实特别多，便把那棵荔枝树上的荔枝单独摘下过称，305斤。廖友成吓一跳，我们也吓一跳，不相信！再称，还是那么重，足足增产100多斤。宋天文比廖友成还高兴，脸都笑"开花"了。

回城路上，宋天文一直沉浸在喜悦中，时不时冒出一声："有干头。"

四

合江流传着一个段子，说尧坝古镇上的一位农户，近些年生活好起来了，在街上搞旅游赚了钱，到县城买了房，住进了城里。一天他出去闲逛，见商场搞活动抽大奖，吸引人购买商品，便站着围观。可半天不见有动静，所有的人都只看不买，商家看着着急，过来拉住农户说："大叔，你来试试，保证你中大奖。"农户经不住引诱，买了一大堆东西，拿着小票去抽奖，果然中了特等奖。打开一看，奖项内容是尧坝古镇免费一日游。农户说："我打光屁股就在尧坝场转来转去，用得着你来发这奖给我？"当即就有人调侃农户说："祝贺你获得第一个吃螃蟹奖。"这段子不算夸张。2018 年，宋天文第一次接触量子农业，第一次使用量子生物技术，原本打算在自己果园里先试验，可是一是太单一，二是怕效果不明显。他怕像段子里说的第一个吃螃蟹的人那样，落人笑话。获得量子农业研发、生产单位的信任，倒不是中了大奖，是要选试验的对象，选第一个敢吃螃蟹的人。

这个人还真不好选。刚开始试验的东西，谁都怕失败。赔本是小事，耽误了一季庄稼可是大事，农民输不起。

宋天文一连往乡下跑了好多天。

那天他叫上我和郑淑群，说是有点眉目了，榕山镇政府已经同意找一个村试点，带着我们直奔榕山。刚下高速不久，便被拦住了。那地儿离镇上还足有 5 公里，不过是榕山镇的属地——符阳村 11 社。

一看拦车的那个人，我们都扑哧一下差点笑出声来。原来是成守能，认识的。成守能穿着一件沾着泥点的短袖衬衣，高举着右手站在三岔路口，像是专门守候。

10月的天气，太阳照在衣服上，浅浅的蓝变成了灰白。晚秋的风徐徐而过，把路旁泛着黄色的再生稻吹得一摇一摆，在阳光下闪闪发光。

"啥情况？"我们下车，站到成守能跟前，问他。

成守能伸出手，一把拉住宋天文，身子横在了郑淑群前面。"就不用去镇上了，先去我那里，试几亩水稻看看。"他盯着宋天文的眼睛说。

我是上一次培训时认识成守能的，知道他是这符阳村的种粮大户，一家子流转了60多亩田种水稻。宋天文每年技术应用季节都要来几回。这回搞量子技术应用，宋天文原本想要找他的，但因是试验，怕万一失败了不好交代，影响以后的推广。还有，别的农户都有顾虑，不愿做，宋天文推测成守能也不会轻易同意，就没有去他那里。跑过若干点之后，昨天榕山镇政府联系好了，在榕山选点试验，请镇上派人一道下去。现在成守能主动要求，当然就不用再去麻烦镇上了。

"就去你那儿。"宋天文顺势折转，往成守能家的方向走。

"听镇上说你们今天下来，特意在这里等。"

我明白了，是镇上先给成守能说了，成守能才在路口等的。可是水稻早就过了收割期，连再生稻也即将收割了，用啥做试验？我嘴上没说，脑子里却反复想着这个问题，不由得时不时看宋天文，想从外表看他是否与我有同样的担忧。

成守能仿佛看穿了我的心思，诡秘地一笑，不等宋天文

问，便说："水稻是试不成了，我种有土豆，用土豆做试验一样的效果吧？如果土豆效果好，我想水稻一样能行，来年我再整几亩水稻试试。"

这的确是个办法。水稻试验可以放后一步，先在现有的农作物中试试，获得经验后明年再在水稻上搞。宋天文觉得成守能思路清晰，有头脑，交给他试验可以放心，当下就豪爽地宣布：县关工委科技团的量子绿色农业新技术推广应用试验就交给成守能了。

合江气候温润，物产丰富，粮食作物除水稻外，旱粮作物还有小麦、高粱、玉米、红苕和土豆，一年两到三季轮作，此时秋土豆长势正旺。

尽管快入冬了，土豆嫩枝却依旧摇曳着绿色。地里充盈着雨后清新的泥土味和阳光照在绿叶上的清香味，随风轻轻飘来，惹得成守能使劲吸鼻子。这样的季节，地里总能准确提供让人警醒的气味。每当独特的气味随风送到，地的主人就会沉浸在怡人的香味中，很快动起来，好似春天。其实，这里的初冬往往胜过北方的盛春。我们边行边聊，不多时就到了。一行人直接去地头，成守能则扛上必备的工具和量子肥料。

他的家离地头几十米远，宋天文站在土埂上观察一番，便开始作业。他跟成守能说要在一块地中铲出两厢土来，一厢的土豆应用量子技术，一厢不用，这样好比较。其实不多的一点活，成守能一个人干也只要个把小时。成守能说自己一个人就行，叫我们不用干，可宋天文不，一定要亲自动手，还不时指点成守能。我和郑淑群插不上手，就站在土坎上旁观。不大工夫，活干完了，宋天文让成守能记下日期、气候、温度、所应用的技术节点。试验数据是他的第一手资料，他的目的就是要记下这些数据，为以后的推广打基础。不到现场他不放心，怕宝贵的数据丢了。

成守能心细，当年好歹也上到初中毕业，干了几十年农活儿，做啥都是一把好手，对数据也敏感。宋天文看在眼里。第一回技术指导过后，他就放心地让成守能单独干。成守能说："放心，保证不让你失望。"

这期间，成守能也多次打电话咨询宋天文，问他需不需要追施点肥啥的，要不要过去看看。宋天文问土豆长得好不好、旺不旺，成守能传递过去的信息是长得很好，杆壮叶肥。宋天文就说："啥都不要管，等收土豆再去。"

冬天悠闲，日子跑得飞快，转眼就是 2019 年。春节过后，土豆该收了。宋天文挂念着，过完年就打电话给成守能说要去挖土豆，偏偏成守能那几天不得空，叫过两天才去。宋天文无论怎么着急，也只好等着。直到 2 月 27 号，成守能才叫他过去。

"把老胡也叫上。"成守能说。

我和宋天文过去的时候，成守能刚从坛子里舀出一瓢糯米，立在米粉机前往料斗里下料。看我们到了，莞尔一笑说："中午吃粉蒸土豆排骨。"现在真是方便，打粉机安放在家里，这边倒进糯米，米粉就从那边涌出。记得小时候用米粉蒸肉吃，米面得人力推石磨磨。那种体力活儿，没有力气可不行，推不了几下就会趴下。"科技进步真好。"我从心底发出感叹。

看他一瓢又一瓢地往机器里倒糯米，我感觉有点打搅人家，过意不去，冲他说："不必麻烦，我们干完活就走。"

成守能说："那怎么行？没亲口尝尝，你不晓得这应用量子技术生产出来的土豆品质怎么样呀。"

或许宋天文原本就有心尝尝应用新技术种出来的土豆到底怎样，来之前就没打算急着走，见成守能诚心，也不回绝，说"行，就尝尝土豆再走"。上前递过一支烟，掏出打火机点上，两个人守着打粉机吞云吐雾，直到成守能把米粉打完。

粉蒸肉是我从小到大的最爱，至今在家，隔三岔五就让老婆弄一次，每回还要喊多整点，一顿吃不完接着吃二顿。好这一口，很大原因是小时候粉蒸肉是稀罕物，吃不着。土豆更是难见的稀罕物，只有在山区才能见到，垫在肉下的多是红苕、南瓜，当地种土豆的历史不过二三十年。那时吃粉蒸肉是奢侈，根本吃不起（有钱也买不到肉），偶尔吃到一回，一定是重大节日或是有贵客来。

符阳村 11 社早先也不种土豆，成守能说十多岁时还不知道土豆是啥东西，只听说山里有。计划经济时期，田里水稻产量提不上去，旱粮作物更低，粮食老不够吃，后来就把土豆引种过来。土豆一年可种两到三季，产量高，可当菜，也可做主食，引种过来就很受欢迎，很快得到推广。现在，土豆已然成了这里主要的农作物之一。来这里能吃到土豆粉蒸肉，我感觉真是有口福。

成守能米粉打完，宋天文的烟也抽完了。成守能把米粉收拾妥当，交给老婆，带着我们就往地里走。

到了地头，成守能跳进田里，三下两下把土豆藤砍掉。

宋天文指挥，成守能挖，一锄头下去，宋天文怕挖漏了或是伤着土豆，连忙喊挖宽点。成守能点头说晓得晓得。土豆出土，宋天文一个一个刨出来，每棵单独放，应用量子技术的挖几棵，没用量子技术的也挖几棵。等到把每棵土豆都清理干净，我随机选了两棵过称，没用量子技术的两棵土豆重0.74公斤，应用量子技术的两棵土豆1.24公斤，增产60%多。数据出来，宋天文高兴得差点跳起来。外观上，应用量子技术的土豆又圆又大，嫩生生的很诱人，比没用量子技术的土豆好看。

"没想到效果这么好。不晓得品质怎样，整起试试。"成守能也高兴，不过显得谨慎。

"看样子应该不会差。"我也趁机打气。

宋天文没再出声，脸上的笑意却更浓了，过一阵又冒出一句："看来量子这东西的确了不起，农业有希望了。"话音不高，像是自言自语，也像是对成守能在说。其实，此时他内心充满喜悦，竟有些情不自禁了。

中午，粉蒸土豆排骨上桌，宋天文第一筷子就夹住一块土豆送进嘴里，慢慢咀嚼过后，连声说"好吃好吃"。

五

当地农谚说：懵懵懂懂，春分泡种。几千年积累的经验，现在不太管用了。随着耕种技术的进步，保温育秧的兴起，育种栽秧的季节也提前了。惊蛰过后，春分之前，满山的油菜花开始谢幕，闲了一个冬天的农人，被逐渐暖和的阳光催动了脚步。成守能第一个熬不住，率先下到了田里。

有了土豆试验成功的经验，他胆子放开了。春耕开始，

他就下决心整几亩水稻试试。不过，他没敢多整，毕竟是新玩意儿，没弄过，土豆试验成功了不等于水稻也能成功，庄稼人输不起。他联系了宋天文。技术上，他还得依靠县关工委科技团那帮人。这几年，好在有县关工委科技团的倾力相助，种的几十亩田收成一年比一年好。他找科技团，不仅仅是因为他们全程免费，更是因为科技团的几个人都是县里农业技术的老专家，经验丰富，技术过硬，能提供实打实的帮助。

初春的阳光和微风，于闲庭信步的人是享受，而成守能感受的却是一种煎熬，更是着急。虽然，直直地站在太阳底下劳作，不多时间就会口渴、手酸，头上遮阳的斗笠更像焖锅一样压得脑袋发胀，这些他都能忍受，但对新技术的茫然，久久不敢下种让他焦虑，让他不安。他赶紧给宋天文打电话。

宋天文接到电话时正在开会，一看是成守能打来的，赶紧走到外边。成守能问种子怎么下、秧苗怎么弄，他告诉成守能，泡种、撒播还是用常规方法弄，可以先施点底肥，秧苗长势起来后再施量子叶面肥。成守能请他过去看看，他说："明天吧，明天一定来。"

第二天早饭后，宋天文拉上我就匆匆往成守能那里赶。

春天是繁忙的季节。沉寂了一个冬天的地头开始热闹，所有耕种土地的人都行动了。他们要耕完整个春天，将种子播进时光里。等到秋来，稻谷把山野染得金灿灿，又开始收割，把丰收的谷子变成一座座山储存在仓库里，然后播种油菜、小麦。这样周而复始，日复一日，构成了庄稼人的轨迹。"你好像还在跟着农民的轨迹跑。"看宋天文急迫的样子，我开了句玩笑。

"入套了，一直在这个轨迹的节点上，恐怕到闭上眼睛那一天也不可能脱轨。"宋天文不看我，眼睛盯着前方，像是回答我，又像是自言自语。

"一户农民播种，可以让他自己干。"

"那叫不负责任。"他脸上的笑意和话语里的柔软瞬间消失。

成守能今天谷种下田，做保暖苗床，昨天答应了去的。他就是这么个性格，凡是种植户有需求，一个电话，再忙也要去。他觉得这样才叫负责。

过一会儿，他恢复常态，说："昨天开会你没参加，陈维国在会上说的那些话真的说在了点子上。"我问陈主任说了些啥，他说陈维国说，近些年，化肥、农药在农业生产中的使用，不仅对土壤造成了破坏，更使粮食残毒增加了对人体的危害。现在，量子技术的应用能让土壤复原，抑制病虫害，逐步停止使用农药可以说是一大进步。袁隆平用一生的努力，把水稻产量提高了，保证了偌大个中国乃至世界粮食的安全，为人类做出了巨大贡献。我们虽然做不了袁隆平，但可以学习他的精神，做新技术的应用推广者，让中国人在农业领域再度辉煌！

我说陈主任说的很对呀，我们搞不了科研，做新技术应用的推广者是完全应该的。

宋天文说当然对，量子绿色农业做成了，的确是对人类的又一巨大贡献。"我也理解，陈维国这样说，是对我的鼎力支持，我从内心感激。"他说。

"他也是发自内心。为了新技术的应用，他没少花心思，你没看他头上添的白发、额头刻的皱纹。"我说。

"那是。"宋天文表示赞同。

这一个话题没聊完,小车就把我们拉到了成守能那儿。

成守能已经等着。我们没有停留,宋天文叫他带上工具、需要施放的底肥,便直接去田里。宋天文检查了一下开厢,抓起一把谷种看看,觉得都不错。成守能说今年先拿几亩试试,其他的还是按往年的方法种。宋天文问:"你打算整几亩?"成守能说:"三四亩吧,成功的话明年大干。"宋天文说:"那就四亩吧,秧苗首先就要整够,能栽四亩,其余的你按常规弄。"商量好后,宋天文接过成守能递过来的烟,点燃,吸几口,说声"干吧",两个人开始称肥料,量谷种,撒播……

我插不上嘴,也帮不上忙,就去附近找农民做调查。走过几条田坎,见一个叫张明清的人在犁田。

"好田哟,出谷子吧?"我蹲在田坎上,没话找话,跟他聊。

"还行。"他停下犁铧,双手在浑浊的水里涮了涮,然后在衣服上擦几下,走到田边,掏出烟来给我。这乡村人真是实在,不问你抽不抽烟,也不管熟识不熟识,宁肯停下手中的活儿,也得陪你唠嗑,这纯朴的传统。

"谢谢,不抽烟。"我赶忙道谢。"用量子技术没有,你这田?"我接着问。

"还没有。听说成守能在干了,等他种来看看,好的话,明年用。"他很诚实地回我。农民很现实,看得见摸得着的他们就信,就干,主要是害怕失败。我说:"看看要得,弄成功了再干,把稳点。"

"你很理解人。"他说。

我笑了笑，站了起来。我不能久耽搁人家干活，聊过几个相关的话题便离开了。回来的时候宋天文和成守能已经把活干完，正在收拾工具。

其实跟我想的差不多，没有多少活儿。我说："你们干得真快。"宋天文心多，似乎听出我有弦外之音，赶紧说："活儿是不多，主要是时间、用量、对比度等节点要掌握好。"他说的是实话，我没反驳他。

量子技术应用，加上成守能的能干，秧苗出得整齐，长得旺盛。那回过后，成守能隔几天打一次电话，说"老胡呀，你没来看，秧子长得好得很"，说自己天天去田里看，应用量子技术播种的秧苗一天一个样，嗖嗖地往上蹿。仅一个星期，没用量子技术的秧苗，矮了一长截不说，而且纤细，远没有应用量子技术播种的秧苗壮实。他说很开心。

我也替他高兴，毕竟，他们种出了好庄稼，丰收了，我也能间接受益，何况我还算是新技术应用的参与者，或多或少出了一点力。

有句话叫"欢乐嫌夜短"。当事事如意、顺风顺水的时候，时间就过得很快。一眨眼，栽秧了。成守能又给宋天文打电话，叫他去现场看着。成守能的意思，既然是试验，技术人员就要现场指导，严格规范操作，出来的结果才精确，才不至于出偏差，才能令人信服。乡下干活，马虎惯了，他怕自己的"大概"误事。其实栽秧还是按常规栽，跟不用量子技术的田块一样，窝距、行距都没有格外的要求，只要注意应用量子技术的时间、用量和比例就行了。

宋天文拉上我，又去了，不过这回他把科技团郑淑群等

几个人都带着。他说大家都参与，掌握第一手资料，将来撒出去，一个人顶一片，好铺开。后来的事实证明，他有远见，未雨绸缪。

栽秧、施肥都很顺利，田里的禾苗噌噌往上长。禾苗半人高时，又喷过一次量子叶面肥。宋天文更没闲着，让司机拖着他往成守能那里跑，到了就去田间转悠，感觉心情舒畅、一身轻松。看过一回又去二回，水稻长势好，他心中有所期待。

秋天，早上寂静的时光里，滑过一声声鸟鸣。刚出山的太阳从窗台的玻璃透进来，形成一片白光，很快就把温度升高了。这太阳，这温度，正是秋收所盼的。水稻收割期到了。一早，成守能就打电话问宋天文，近几天抽得出时间不，趁天晴出太阳，他要打谷子了。没有应用量子技术的好办，他自己打了就是。应用量子技术种植的那4亩田，他问宋天文要不要去看着收割。要在平时，宋天文立马就会过去，还谈啥派人，可是这回偏偏不走运，他下乡把腿摔坏了，还躺在医院的病床上。成守能说"你们科技团派一个人来也行呀"。宋天文打电话问了科技团的几个人，都在各自的项目上盯着的，走不开，可是又不能耽误人家收割，于是跟成守能说："这样吧，你先按品种，把应用量子技术的剪谷穗20穗，没用量子技术的也剪谷穗20穗，数一数每穗的谷粒，记一下最多的颗粒和最少的颗粒，然后记一个平均数，再各称20穗的总重量。每个品种单独收割，再与相同面积没用量子技术的品种比较，看看颗粒，称好重量，我过几天再来看。"完了特别交代成守能：剪下来的谷穗不要把谷粒弄掉了，晒干保存好做样品。成守能说晓得了，然后按照他的方法，把水稻收割了。

一个星期后，宋天文腿稍好一点，便约上我，挂着拐杖，一瘸一拐地出现在成守能的晒场上。成守能赶快拿出记下来的数据，捧出谷子，一样一样指给宋天文看。"用常规方法种植的，亩产 1137 斤，应用量子技术种植的，亩产 1206 斤，我单独晒干称的。"他说。宋天文抓起谷子掂了掂，凑近看了又看，然后送到我眼前说："是不一样，一比效果就出来了。"

"使用量子技术的颗粒饱满，色泽更光亮。"我说。

"对，更好卖些。"成守能赞同。

"剪下的谷穗呢？"记下数据，看过样品，宋天文想起了叫成守能剪下的谷穗。成守能又去把谷穗拿来，小心翼翼地放到桌子上。宋天文轻轻拿起来，一穗一穗地对比，然后吩咐成守能小心保管，说是试验产品的标本。这个时候，他的脸上有了成功的喜悦。他觉得干事要有大眼界，要有定力，自己虽然说不上有多大的眼界，但是个有定力的人，否则就不会坚持干这破天荒的事。

宋天文还沉浸在兴奋中，成守能的一句话像一瓢冷水浇下来。成守能说单从技术应用看，使用量子技术种植成本高些。宋天文赶紧问高多少。成守能扳着指头算一遍说："一亩地仅施用量子肥成本就高 42 元左右，增收 69 斤谷子，加上整个技术成本，两者相抵，基本可以抹平。"卖谷子赚不了钱。这的确是个问题，种粮大户赚不了钱，积极性就没有了，不种了，再好的技术也是枉然。宋天文沉默下来，刚才还满是得意的脸，瞬间浮现阴云。有啥办法可以解决这个难题呢？他思考着。

"能不能深度挖挖，尽可能把量子技术应用的成本降下来呢？"我提出一个直接而简单的办法。

宋天文说那只是一个方面，另一方面也要从农产品经营上想想。我心里说："理倒是那个理，可是有什么更好的经营方法？"我甚至觉得量子技术来得似乎有些不合时宜。现在各种技术都在往农业倾斜，有机、无机肥料满地跑，农民选择的余地也大，但是价高，增加了种田成本，农民已经喊受不了，量子技术应用费用还要高，成本更大，幸好种出来的水稻品质更好，要不，谁还用那套技术？但是，稻谷市场价格高低并不明显，要使稻谷增产又增收，得另辟蹊径。我脑子里反反复复就想这一个问题，始终不得解。

中午，成守能留吃午饭，宋天文也没有客气，留下来欲帮成守能想想办法。酒菜上桌，喝过两杯，成守能的话也多起来，说应用量子技术种出来的谷子，米好吃很多，已经煮来尝过了。还说今天中午也煮了，一会儿可以品尝。听到这话，宋天文脑子里灵光一闪，酒也不喝了，叫舀饭来。当白花花的米饭端上桌，看到油浸铮亮的饭粒，他有些迫不及待，端起碗凑近先闻闻，连说两声"香"，然后赶紧刨进嘴里咀嚼。

"有办法了。"吃过几口饭，宋天文放下碗，望着成守能说。"卖米！谷子没办法分出等级价差来，米可以。"不等成守能问，他便说出了想法。

这倒是个出路。没想到宋天文那么快就想出了办法，我不禁放下筷子，为他鼓掌。

成守能愣了一下，但马上明白了宋天文的意思，连说"好主意"。我冲成守能说："点子有了，接下来就看你怎样经营。"宋天文觉得应该不错。大家心情畅快起来，又重新端起酒杯。

那顿饭过后，成守能果真把谷子储起来，改卖米了。他把使用量子技术生产的米卖 5 元钱一斤，高出市场均价一倍。

国庆节过后，郑淑群去符阳村 11 社，顺便去成守能那儿，打算买点"高价米"，成守能两手一摊说："没有了，早就卖完了。你没说要，我就没有留。明年来吧，明年我全用量子技术种。"

六

每一次梦的开头，都是一串荔枝。灯笼样的果子一出现，王华吉即使在梦里，也笑醒了。王华吉心眼活，种荔枝与别人不同，不像廖友成那样，守着老树等来年。他不仅品种选优，还特别善于应用新技术。因此，荔枝给王华吉带来了好运，今年更是好运中的好运，他往常绷紧的心也放松了很多。国庆节那天，他还破天荒吃过早饭就等在电视机前，足足半天，屁股几乎没挪动过。阅兵式进行到精彩处，还情不自禁鼓掌。说实在的，他难得有这样的闲暇，整半天坐下来，一点事不干专看电视。他高兴，给自己放了半天假。一是国庆 70 周年，他想看看国防成就展，满足自豪感。另一点他藏在心里没说，就是干了一件最正确、别人没敢干的事——把量子技术应用到荔枝上，获得了意想不到的成功，丰收了，卖了个好价钱，一个人偷着乐。手头宽裕，心情舒畅，幸福就来敲门。看完直播，他心里暗暗嘲笑那些说他傻的人：国家还会整农民？巴不得农民富裕呢，要不还搞啥精准扶贫？看看阅兵式上那些新武器，哪一样不是应用了新技术？没有创新，就没有强大的国防。同样，没有新技术，就不会有发达的农业！他为自己参与了新技术应

用而得意。

国庆节后的第一天，王华吉就去荔枝林里转，他去查看入冬前树上的病害。金龟子即将入土产卵，得抓紧搜一遍，捉来灭了，再晚就来不及了。这个时段的金龟子个头大、笨拙，人抓住树干一摇就掉地上了，好捉。他不打杀虫剂，全靠生物治虫。

王华吉管理1000多棵荔枝树，自己一半，另一半是自家兄弟的。兄弟外出当老板去了，荔枝树就丢给他管理，收多收少，全是他的。他索性在荔枝林里修个临时房子，吃住都在林子里，顺带养鸡、养猪。别看王华吉被烟熏日烤晒得黑里吧唧，样子憨厚，土得掉渣，脑子却聪明。他的荔枝全是好品种——黛绿，前年又嫁接了100多棵观音绿，今年有几棵已经结果了。黛绿卖30到50元一斤，是普通大红袍四五元一斤的10倍，观音绿更卖到100多元一斤，价差大着呢。

我们去王华吉那儿，是因为他有一个藏着的秘密，有人要去取经。

那天上午，王华吉煮了一锅猪食，还没来得及喂，电话响了，是李小平打给他的。李小平说已经到山脚下了，问上山怎么走。

其时，我们就坐在李小平的车上。

一早，宋天文就问我空不空，说李小平和高绪志要去王华吉那儿看他的绝活——打荔枝树梢，叫我有空就一道去。到的时候，偏遇去王华吉荔枝林的路重修过了，到了却找不着。宋天文让李小平打电话问路。

第一章 种绿

王华吉丢下活儿，来三岔路口接。其实只几十米远，林子把上山的路遮了，不仔细看，的确不容易找到。

王华吉住在一座叫松林山的小山包上，我们刚走进一道铁栅门，他的情绪就兴奋起来："你看这一片，全是黛绿。"他抬起手臂，让我和宋天文一行人朝他指的方向看。

透过浓绿的枝叶，只见山下坡地和沟对边的山坡全罩在墨绿里。远远的树丛里，散落两三栋红砖楼，几缕炊烟从树冠飘过，呈现出一片宁静祥和。王华吉用右手指着对面，在空中画了一条线："那边，从半山起，和脚站的这边，看得见的，全是黛绿。"

"量子技术怎么样？"看着秋梢茂盛的荔枝林，宋天文得意地问。

"好得很，没想到效果这么好。不瞒你，今年荔枝卖了20来万元。"王华吉有些得意。他儿子在川北医学院做医生，不需要他再负担生活费。两口子在家，一年有这么大笔的收入，生活够富足了，是该得意。

"那么多？"我露出惊讶。

"那是。走，屋头去坐下摆。"看要到临时住地了，王华吉把话打住，领着我们来到房子前，端出几条矮板凳放在坝子里，请大家坐。

"谈起量子技术应用，我就有一肚子的话想说。"等大家坐定，王华吉接着先前的话题。

宋天文说："我晓得，听说了。"

王华吉说："你只晓得其一，不晓得其二，用这量子技

术还真要有胆子。"他穿着单衣单裤，一双胶鞋套在脚上，腰间拴着一块围裙。我们的到来，让他显得有些激动，说话间站起来，双手在围裙上擦了擦，比画应用量子技术的情景。他说自己很幸运，赶上了这趟车，然后送上一脸笑意，说更要感谢宋天文。

王华吉说完话坐下来，把矮板凳往宋天文跟前挪了挪，使自己挨宋天文更近一点。我故意重提话题，问为啥要感谢宋天文。

"我摆给你听嘛。"王华吉说。

去年的 5 月，他接到宋天文的电话，说县关工委要举办量子技术应用培训，免费的，时间是 5 号，问他参不参加。这样的好事，哪有不参加的？他毫不犹豫就答应了。他喜欢尝试一些新东西，每次都有收获。这回，他想多约几个人，好事大家分享。没想到他去约同社种荔枝的邻居，人家把头摇得像拨浪鼓，不去。他不死心，临走跟人家说："好事情，还是去看看吧，想通了打电话，一起去。"他等了邻居一个晚上，第二天又主动打电话过去，邻居还是没有去。

"我经常看电视。"王华吉说。他在电视上看过，农业的发展，最终还是要走绿色生态这条路子。一辈子的农民，他明白绿色生态农业的重要，是发展的方向。就目前而言，化肥、农药普遍使用，大量重金属和毒素残留在农作物中，已经给农业持续发展造成了很大障碍。他亲身体验着化学农业的"后遗症"，这不是要不要减少化学农业的问题，而是要彻底改变化学农业。

"我自己搞了一个对比，在给荔枝施肥这事上，这两年重新捡起丢掉的土办法——堆肥。施用堆肥的荔枝结的果个大，甜味浓，颜色更好看。今年荔枝专合社说了，要弄一批荔枝出口。我听说出口水果对虫害和农药残留要求特别严，必须做完全绿色生态产品。参加培训回来，我就成天在荔枝林里转悠，捉虫，打秋梢……忙点，收获也大点，嘿嘿。"说完他笑，颇有些得意。荔枝树要打掉秋梢，来年才能结果，这个活必须做，偷不了懒。这个我知道。

"你的秋梢是怎么打的？"终于说到了想要听的话题，李小平赶忙问。

"还不是按他们教的。只不过学会后，我多了个心眼，没有完全按照他们那个办法干。"王华吉笑嘻嘻地看着宋天文，卖了个关子。

"老奸巨猾。"宋天文跟他开玩笑。

"人家是灵活应用。不过，打秋梢跟应用量子技术有啥关联呢？"我帮王华吉说了句公道话，也提出了心中的疑问。

"关联大哟。走吧，去看看就晓得了。我已经打了一些了。"王华吉不正面回答，叫去林子里看。

我们跟着他，往荔枝林去。远远就看见，一些树冠上立着密密的光枝条。走拢了，他才说，他打秋梢与众不同，别人要么是把秋梢摘掉，要么是用药剂把秋梢杀死，他却一棵树一棵树地把秋梢叶子摘掉，枝条保留着。手工摘秋梢叶子费事又费力，树冠满是黑漆漆的枝条，一点也不好看，他却坚持。我们都不懂他保留一根根光枝条是啥意思。

"这树施放量子肥料，长粗壮茂盛了是不是？留着这新长的秋梢，叶子摘掉后就变老了，明年成了老枝条，就可以结

荔枝了。"

他这一说，我们才恍然大悟，原来他精明着呢。不打药是免除农药残留，只摘掉叶子是加快秋枝变老。至于量子技术的应用，他不懂，便请人现场指导。邻居看见了，跟旁人说："王华吉真傻，又被整了，肯定要上当。"话传到王华吉耳朵里，他说"管他的，试试看，大不了少得点果子"。

"上当没有？"听完王华吉的故事，我故意问他。

"上啥子当哟，荔枝好得很，今年还出口澳大利亚了。"王华吉的手下意识地在围裙上擦着，眼睛却看着宋天文笑。他想，真正傻的人是邻居，白白损失一季，不仅出口没有份，果子品质还差，卖不起价。想到这儿又卖弄一句："当初我参加量子技术试验，别人说我傻，但我不信邪，因为我喜欢尝试新东西，没想到还真赢了。"

王华吉的话让宋天文陷入了短暂的沉默，他想起去白米镇桂花村 8 社搞量子技术应用的情景。那天，他带着关工委科技团的几个人去实地指导喷量子叶面肥，那个社 76 岁的陈德银见了说："看，又在整人了。"陈德银这一说，还真让好些农户产生了怀疑，原本想要参加试验的都退出去了。后来了解到，陈德银曾经上过当。那年，农业部门曾经来推广种植蚕桑，免费提供桑苗。陈德银一开始就很积极。免费种，多好的事呀！他甚至很感谢农业部门做了件好事。可是后来，县里的丝绸厂倒闭，养的蚕没人要，蚕桑树长得蓬蓬勃勃，叶子黄了又青，青了又黄，却再没摘过。桑树不仅没有收益，还影响庄稼生长，不得已，他只好把所有的桑树砍了。从那以后，他就不再相信上面来推广的东西。正所谓"一朝被蛇咬，十年怕井绳"，他

040

很谨慎。

"现在说你傻的人肯定后悔。"一瞬间过后，宋天文恢复常态，冲王华吉说。

王华吉说："你说对了，看到我的荔枝丰收，卖得好，赚到了钱，邻居后悔死了，荔枝成熟的时候，偷偷跑到我林子里看，有一天被我撞见，还很不好意思，点点头又摇摇头，我明白他是啥意思。这不，现在积极得很，今年光量子肥就买了20包，成了买肥数量最多的一个。"

有些人曾经被忽悠过，变得很现实，这可以理解。"事实总会让他们转过弯来的，革命不分先后嘛。"我很感慨，说了句玩笑话。

几颗细雨飘来，打断了热烈的笑声，我猛然惊觉，李小平、高绪志不是要亲自试试的吗？于是冲王华吉道："正事还没干呢，一会儿雨大了干不成，干活吧。"几个人爬上树，嘻嘻哈哈地摘起秋梢上的嫩叶来……

七

"一骑红尘妃子笑，无人知是荔枝来。"有人做过考证，说杨贵妃吃的荔枝就产自合江。论据是，合江是中国内陆唯一大规模产荔枝的地方，而且四川离长安（今西安）近。传说已无可考，不过，合江把荔枝作为主导产业发展倒是真的。所以，量子绿色农业技术，荔枝应用范围最广。每到摘荔枝的季节，宋天文他们就忙不过来。那天，马平分别打了个电话给宋天文和我，说摘荔枝了，问要不要去看看，并说荔枝被经销商全买

了，摘了就没有了。我知道马平的心思，看摘荔枝是其次，主要是请我们去吃荔枝，表达一下心意。

宋天文昨天去了牛脑驿，分不开身，便叫郑淑群和我一道去。郑淑群说，荔枝看过的点收集的数据已经不少，今天去主要看看马平用量子技术种的蔬菜。

马平住合江镇明家坝村 6 社，离城不远，只有几公里路，说话间就到了。我们一到荔枝林便被惊呆了，没想到马平的荔枝结果这么好。远远近近，一树一树的红，枝丫被压弯到几乎着地，给人以承受不住重的感觉。马平说："这些树结果还不算最好的，你看我哥的那棵。"我和郑淑群顺着马平手指的方向看过去，沟边的丛林中的确有一棵荔枝树鹤立鸡群，红彤彤的果子堆在树上就像一座小山，整棵树几乎看不到一片叶子。马平说："告诉你们吧，那棵树已经卖了，经销商花了 8 万元，单独买的，采摘都不用自己动手，人家来摘。"

我们把照片拍了，该记录的记下来，然后郑淑群才跟马平说："你不是说用量子技术种了蔬菜吗？想看看那个。"

马平说："行啊，先跟你们说说，然后去地头看。"

马平说，他使用量子技术主要是用在荔枝上，那个是大头，是整个家庭的主要收入，用在蔬菜上纯属好奇，就是想试试，没想到一试就成，效果确实不错。

我问怎么个不错法，请他具体说说量子技术是个什么东西、怎么弄的。这下还真把马平给难住了。他说培训的时候也问过讲课的老师，包括宋天文。讲课的人都说不清楚，最后还是其中一人说问过中国管理科学研究院的专家，专家的答复是：量子是目前已知物质的最小单元，是个看不见摸不着、无处不在的东西，在农业方面的应用主要通过微生物的有效活菌产生能量，使用方式是通过光、水、声音传播，介入植物生长。马平说得一板一眼，像背书。

郑淑群晓得马平是照搬培训时专家说的话，而且还是囫囵吞枣，根本没有消化，也就没有再追问。话又回到原点。我问种了些什么菜，马平怕再被问住，说干脆去地头，看了就清楚了！

跟着马平没走几步，两个差不多年纪的人迎面走来，一边走一边说说笑笑，开心得像小孩子过节。马平拉住其中一人跟郑淑群和我介绍说："这是我哥，叫马学仁，8万元那棵荔枝树就是他的。"又指着另一人说叫符锡清，都是一个社的邻居。又把郑淑群和我介绍给两个人。

我有个习惯，对不熟悉的人，喜欢问问题。我顺便问了问两人的情况。

马学仁见有人重视他，显得很兴奋，抢着说话。他也应用了量子技术管理荔枝，说果子不仅颜色好看，甜味更浓，重要的是起码增产了百分之二十。

郑淑群见马学仁还是说荔枝，正欲打断，符锡清忍不住接过话去了，说他就一个人在家，种有300多棵荔枝树，都是老树，按自己的方法管理，今年总共卖了4800元。

郑淑群注意点不在荔枝上，符锡清刚说到这里，她便冲马学仁说"恭喜恭喜"，然后对两人说："不错不错，好生干，我们去前边看看。"说完转过身往前走。

马平冲符锡清的后背小声说："几百棵荔枝树都是上辈留下的，快要被他整没了。300多根老荔枝树，卖4800元

钱，笑死人。"

"他是啥原因没用量子技术呢？"我问。

马平说："还能有啥原因？就是太相信自己，不接受新技术，听不进劝，总认为自己啥都正确，都完美，穷折腾。"

我听出了马平话里恨其不争的成分，安慰说慢慢来，多做做工作，不信他看见别人丰收赚钱会不心动，相信他会改变。

马平说那倒是，今年荔枝摘了后就找来了，秋梢开始应用量子技术了，估计明年会有好收成。

说话耽搁时间，半天还没走出荔枝林。马平带郑淑群和我到一棵荔枝树下，指着一圈绿油油的菜苗说："这棵树向阳，我把浅土翻新，撒上菜苗，喷了量子叶面肥，没想到菜苗疯长，几天扯一回，吃都吃不过来。"

郑淑群走过去仔细观察一番，然后拔起一颗菜苗，看嫩得滴翠，问马平打农药没有。马平说："没有没有，奇怪得很，没有虫。"

那种菜秧最容易长虫，我不相信马平没打农药，也走过去扯一棵，放到鼻子前闻闻，摘片叶子咀嚼，一股清香沁人心脾。

"自己吃的，应该不会打农药。"郑淑群凑近我细声说。

她也拿起菜苗闻了闻，被扑鼻而来的青菜特有的清香激起极大兴趣，催马平说："走，到你菜地看看。"

从荔枝林到菜地，五六百米，过一个斜坡，就是一串田坎路。走上南坳的田坎，田里遍是秋收后留下的谷桩，一阵晚秋的风刮过，凉凉的有了些寒意。马平说几块田都是符锡清的，明年开春后或许会改变样子。郑淑群张嘴想说什么，这个时候她的手机响了，是宋天文打来的电话，问情况怎么样。郑淑群说正在去菜地，回去再详细说。

翻上坎就到了。川南地貌以丘陵为主，住家分散，户与户的耕地也就零散。马平的菜地与另一户人家的菜地是紧连着的，以土沟为界。像他这样的人家，种菜纯粹是自己吃，量就不大，品种却多。马平的菜地里有秋海椒、茄子、包包菜、小白菜等。秋海椒半红半青，椒尖朝上直指向天，红的油亮鲜艳闪着金光，青的泛着墨绿浸色诱人。沟边另一户人家的海椒，在秋风的横扫下已经呈现颓势，半数零落，很多椒尖干瘪，无论是海椒的密度还是色泽、光亮、饱满度，都差得太多。马平说自己的海椒就是用了量子技术，另一户人家的是常规种植。郑淑群拿着手机，给两块地分别拍了照片。

坎下是包包菜。巧的是另一户人家也种了几厢包包菜，差异明显。马平的包包菜油亮嫩绿，长势很好，窝头大了三分之一，而且少虫，虽然偶有虫眼，但看不到虫。另一户人家的包包菜显得老气，窝头小，菜叶被吃得很烂，一眼就能看到很多虫。马平说自己的菜喷了量子叶面肥，另一户人家没用，他就想看看效果，没有想到蔬菜生长起来后会这样，大大超出预料。他抬手指前面一片绿油油的菜地："你看我那两厢萝卜秧，一厢喷了量子叶面肥，一厢没喷，差别好大。"

郑淑群高兴，笑得合不拢嘴。不等马平再说什么，几步蹿去萝卜秧地。

果然不一样。我也被吸引，跳下土坎去近距离观察包包菜。

没有比较就没有优劣。我和郑淑群都被量子技术的神奇

魔力震撼。回来后，郑淑群迫不及待地把看到的、想到的先给宋天文说了，又跑去报告了陈维国，报告了刘成云。宋天文趁机约我，改天去另一个地方看看。

"还是蔬菜水果？"

他说不是。我问看什么，他说暂时保密。我知道，他是要勾起我的好奇心。

"你不会让我懵着头，要去什么地方都不知道吧？"我说。他说是白米镇桂花村 8 社。

休息一天后，我跟着宋天文来到白米镇桂花村 8 社，李小平正在挖红苕。李小平说接到电话就赶紧到地头来了，刚刚把红苕藤割完，挖了两窝。说着把锄头给宋天文，问他要不要试试。

宋天文本来就从农村出来，又常年在农村跑，农活一点也难不倒他，接过锄头就干。我也想亲自体验一下，于是也要了一把锄头跳进土里。一锄下去，我有些惊讶，看起来很板结的黄泥巴地却疏松柔软。赶紧连挖两锄，刨出一窝红苕来。仔细看，挖出的红苕又多又大，色泽光亮，很有"卖相"。数了数，5 个。赶紧再挖。一连几窝，都是一样，最少的也有 4 个，多的 6 个。少见的收获惹得我激情大发，挥舞锄头像鸡啄米。

宋天文甚至把挖出来的每一窝都单独放，说好做比较。

李小平看我们高兴，走过来喊"停、停"，让我俩去挖另一块地。宋天文说："晓得，那块地没用量子技术，你不喊我都要去挖。"李小平小伙俩被看穿，抿着嘴笑。

我说："我就不去挖了，我要数个数，称重计数了。"

　　宋天文扛着锄头挪到李小平指的另一块地，甩开膀子用力挖下去，锄下硬邦邦一个口子，使出吃奶的力才能翻转。一窝红苕起来，个小且少，跟刚才那块地没法比。李小平说看到没有，红苕差不多要少一半，还少光泽，不好看。

　　土挖了一半，李小平递过烟来，宋天文接过点上，坐到土坎上歇气。吸过两口烟，看看地里挖出来的红苕，嘴唇动了动想说什么，再看看李小平，停住了。

　　我称过重量，走过去坐在李小平旁边，问他："用量子技术种红苕，怕投不出来哟。"我晓得量子技术的费用要比化学农业费用高些，想知道农民接受程度。

　　李小平不看我充满疑问的眼神，站起来反手拍了拍臀部想象中的尘土，去第一块地里抓一窝红苕过来，再抓一窝第二块地的，放到我跟前，再用眼神示意宋天文："数数，再称称。"

　　宋天文分别抓起两窝红苕掂了掂，李小平说："差不多增产一倍吧？昨天才有人来看了，红苕挖起来就来拉，一块钱一斤。一亩地产万把斤，就是一万元钱，刨去成本，也比种谷子赚多了。"说到这里，李小平脸上全是得意。

　　我忽然高兴。自己提出这个问题，重点是想要了解量子技术成本，现在得到了想要得到的东西，还有不高兴之理？很快就要入冬了，农民正忙着挖红苕、播种冬小麦，今年的量子技术应用收到了好效果，明年应用的人应该会更多。随着技术的成熟，越往后越好。我想，宋天文和李小平，大概和我想的一样吧。

八

喝下最后一口汤的时候，电话铃突然爆响，是刘成云打来的，离从李小平那儿回来不几天。

刘成云说去九支镇培训，马上过来接我。一看还不到 8 点钟，幸好我吃饭早，要不还真要弄个手忙脚乱。

一会儿他就到了。我上车后，我们便匆匆往九支镇赶。刚走出去，他又忙着吩咐办公室办两个事：一个是赶紧联系宋天文，看前头去了没有，怕自己到的时候迟了，没人把控场子；另一个是联系贵州省赤水市关工委，看看那边的人出发没有。

这天是 2019 年 10 月 17 日，川、黔两省边邻县市开展量子农业新技术应用培训，当然是以四川省合江县关工委为主导。计划是国庆节之前就定下来的，赤水市关工委在联系工作的时候听说了，详细问了量子农业新技术的特点和效能，觉得不能放过这样好的机会，自己培训又没有技术力量，提出带人过来参加培训。原本执行主任陈维国要去的，县里临时通知他开会，走不了，就派常务副主任刘成云代劳。

70 岁的刘成云，看上去精神矍铄，很精干的一个人，却不知他拖着病体，不久前才因脑梗住了十多天的医院。看他忙碌的样子，我从心底里生出敬佩。我说赶得上，万一迟了，有宋天文顶着。

刘成云说就怕宋天文也迟了。我说不会，宋天文一向赶早。刘成云点点头，算是放下心来。

从少岷大道到高速路口，三四公里的路程，透过车窗，可以看到街边不少晨练的人，年纪轻的在跑步，上了年纪的则慢走，而刘成云和我们这一群"五老"志愿者则无法享受这样的悠闲。量子技术应用开展一年多来，刘成云及科技团的"五老"志愿者们，每一个清晨都是如此忙碌。他们这一生，不慕虚名浮利，只恋地绿山清；不求富贵安乐，只愿土肥水美。

"近段时间宋天文也累。科技团今年稿了近40场培训，差不多7000人参训，另外还接待了省内省外20多个考察团来了解、学习量子绿色农业。"稍停，刘成云好似赞许，又像解释说。

"叫他悠着点呀，他的身体也不是很好，天天在吃药。"我说。

刘成云说主要是停不下来，现在越来越多的人想要绿色农业。量子农业技术的兴起，带来的是农业种植全新的生产方式，本身就是一场绿色革命，急需推广开去。

他的话很有鼓动性。一路上，我的心都在激荡。我忽然觉得，这一群人，不正是现实社会一道与众不同的风景吗？

九支镇的冬天要比县城来得早一些。还没立冬，从赤水河吹来的风裹挟着细雨，把空气淋湿透了。刘成云下车来感觉有点冷，幸而宋天文先到了，赶紧过来领着他往培训室走。我们几个人像激流中的鱼群，鱼贯而入。

一到培训室，温度就上来了。刘成云走在挤满人的过道里，温热阵阵袭来，他眼角的笑藏都藏不住。人来得整齐，他满意。

宋天文则去人群里晃。他一伸手，立马就有几双手伸过来握在一起，好像那些人都跟他认识。只听他不断蹦出"李老根""张学理""王小花"，被叫出名字的人都笑。末了他往

后走，停在后排。"贵州来的朋友？欢迎。"其实他没有去认识他们的欲望。这些人无论直率、憨厚，还是精明、世俗，都不影响他要传授或推广的量子技术。他是想混个熟面孔，今后方便上门服务。这样的培训已经是常态，要说这回有一点不同的话，就是多了贵州赤水来的农民。正式授课前，到人群中去聊聊，相互熟悉熟悉，是每次培训的必修课。

我也想也跟贵州赤水的农户熟悉熟悉，便在后排找了个座位坐下。宋天文走过来，说台上摆了座签，我不上去坐，空起不好看。我扫一眼，果然摆着我的座签，只得站起来去台上坐。

宋天文走过一遍，回到讲台上，请刘成云说个开场白。

刘成云想都不想，就把开始培训时与陈维国就量子农业新技术应用进行过讨论的话题和盘托出，那是他们的共同认识。他说："不可否认，化学农业促进了农业的发展，这些年农产品产量获得了成倍的增长，但副作用也凸显，特别是重金属残留对人的危害。现在量子技术能帮助农业迈过这道坎，没有理由不去应用、不去推广。"台下立刻就反应强烈，从一双双渴望与探求的眼神里，就能看出高涨的热情。

接下来是郑淑群、量子技术农业应用部门派来的专家谭飞讲技术应用。场子里鸦雀无声，上百个农民居然像小学生一样端坐听讲，一向不分场合想抽烟就抽烟的他们，竟然能忍近两个小时。

宋天文最后一个讲完，培训全部结束，等他走下讲台时，却被截住了。

宋天文被围住，没搞明白的问题通通向他扑来，他走不动。

只听他喊："一个一个来，乱糟糟的我不晓得听哪个的。"但是没止住，人群还是争相在问，他只好就近一一解答。

宋天文走不动不是一件小事，因为他被困住刘成云就走不了。当然，我也走不了。但是下午两点要去车辋镇，说好了的。刘成云着急，一会儿看时间，一会儿又走出来又返回去。看光景，那些人不把问题弄透彻不会罢休，宋天文也不会走。这样的镜头以前从来没有过，自打量子技术应用培训开始，这个镜头出现了，而且围上来的人一次比一次多。刘成云把最近的培训在脑子里放电影一般过了一遍，得出了这个发现。那一刻，他突然释然了，着急的神情变为坦然的笑意。

雨停了，天空放晴。刘成云感觉到了暖流。

我突然想起贵州赤水来的人，应该问问他们需要什么帮助，但没看见出来，也停留在了宋天文那里？我赶紧回到出口处等着。我想，此刻他们的心情大概也如这放晴的天空，沐浴在阳光里……

第二章　植　根

一

　　早晨从床上爬起来，周之福感觉有些不适，胸闷，腿脚发软，以前从没有过。"莫非病了？病了可不得了，事多着呢。"周之福试着走几步，发现没想象的重，也就不以为意，继续要干的事。

　　周之福在一条小矮板凳上坐下，拿过出门就背在身上的小皮包，掏出一个小本本来，从密密麻麻的字里勾出一个又一个名字，数一遍，然后在末尾空白处统计好人数。勾着划着，胸闷好像在加剧，变成了剧烈疼痛。他想站起来，挪到沙发上躺一会儿，可发现站不起来了。他欲喊老伴，声音只在喉咙里打转，喊出一个字就没有了下文，而且含混不清，身体一下跌倒，手中的笔掉到了地上……

　　老伴正在厨房里忙，听到响声跑出来，看到周之福倒在地上，嘴里咕哝一句："小心点嘛，这下摔安逸了，摔着没有？"见周之福没有回答，双手在空中乱抓，这才感觉不对，几步上前来扶他，却扶不动，赶紧打电话叫救护车。

还是晚了。医生没能救回周之福，他走了。

我是在去榕山镇符阳村的车上听陈维国给我讲的。

"他是我们开展新型农民职业培训以来第一个走的人，做了很多工作，可惜了。"陈维国说。

是走得可惜，兢兢业业的一个人。我熟悉周之福也是因为新型职业农民培训。

前年的初冬，县关工委要在合江镇柿子田村搞一次大型新型职业农民培训，跟他联系后，他立马打电话叫来车子，一溜烟就把我拉到了赤水河对岸的马街柿子田村。

"这里弄完了再去一趟龙潭村。"他说。

我虽不知道他去龙潭村做什么，但心想肯定跟新型职业农民培训有关，所以没问就回他说"要得"。不过我心里还是替他担心："这么拼命干啥？悠着点好。"只是没说出来。

周之福似乎天生就是刨土的命。他家在农村，前半生刨泥巴，后来在合江镇当副镇长，天天跟农民打交道，退休后，加入"五老"志愿者，任合江镇关工委执行主任，天天跑乡下，还是脱不了粘灰带土。每年从春到冬，少有空闲。原来主要是关爱贫困儿童，去年开始开展新型职业农民培训。他觉得这事干得好，新型职业农民，不就是为这片土地植下根吗？农民生了根，土地就有希望。他将大把的精力转移过来，兼顾着干，所以更忙碌。

看过场地，他又检查一遍水杯、茶叶，末了，围着场子走一遍，眉头挤出了皱纹。他叫来村支书，说准备两套方案吧，

多搞点凳子，万一人多了，装不下，就改在石坝上去。这并不是空穴来风，去年第一次培训，就在这个地方，计划也是300人，结果来了500多人，最后就是改在石坝上完成的。

会场准备没啥问题了，我们才去了龙潭村。原来他是去看一个用新技术种蘑菇的点。到了地儿，他急迫地去揭开谷草，看到有小圆头星星点点拱出土米。"成功了！"一声喊叫，喜悦便挂满一张脸。种蘑菇的是位女青年，刚回来创业，第一次尝试，面积不大，主要是积累经验，听周之福说小圆点是蘑菇，也跟着高兴起来。

接下来，他向女青年交代了注意事项：多久浇一次水，多久揭开谷草，野草要拔除……直起来的时候，反手捶了捶腰。

"周主任不舒服吗？凳子上坐坐吧，是不是累着了？"女青年赶紧扶他。"骨质增生，老毛病。"他一笑，谢绝了女青年，自己坐回车上。

那回，他有惊无险，平安地回来了。这算不算是征兆？没学过医学，不敢妄言，但是，另一回犯病，应该是明显的预兆。

从马街回来的第三天，我约他去合江镇山顶上村看菌菇，电话上问他身体怎样，他说棒得很，一点问题都没得。为了证明没说谎，还拍了几下身子，声音从听筒里传过来，让我听。

这个点是他给我介绍的，说是新品种，价格好，产量高，青年村支书搞了一个小棚做试验，获得技术之后再扩大种植。我去的目的，是跟那青年村支书聊一下，看是不是又一个新型职业农民。很不巧的是，我们到的时候，村支书有急事被召去城里了，颇有些让人失望。

"昨天约好的。"周之福怕我埋怨，赶紧说。

我说："没事，改天再来。"

正当我们上车要离开，村支书打电话来了，说镇上有急事，办完就回来，叫我们等一会儿。电话那头，年轻人不住地道歉，说尽快赶回来。

我们又下车来等着。

一个多小时过去了，正等得着急，村支书又来电话了，说事情有点变化，恐怕半天都完不了，叫我们不要再等了。

这个电话让我们有些失望。周之福觉得这事没办好，让我白跑了一趟，脸红一阵白一阵的。我极力安慰他说："没关系，过几天再来一趟就是。"但他仍像做错了事一样，久久不能释怀。似乎是为了弥补过失，他提议说："这上午反正没事，不如去钓鱼。"他一个朋友有一口鱼塘，离得不远。我想，正事没办成，能钓几条鱼回去也不错，于是一同去钓鱼。

那户人家很热情，把鱼竿找出来，挖了蚯蚓，送我们到塘边，自己折回去煮饭，要我们吃了午饭走。

鱼塘不大，我们三根杆子"一"字排开，专心钓鱼。

不大工夫，周之福率先钓到一条大鲫鱼，塘边传出一阵嚷嚷。我想是不是他下钩的地方正是鱼群集中地呢，赶快把钓竿甩过去，跟他挨在一起。果然，我的竿也被咬钩了。我专心注意钓竿，正准备拉起来，他突然一声"遭了"，立定没敢动，好一阵才用手拍拍脑壳说："好像有点不对头，我先回去了，你们钓会儿再走吧。"

他要走，我们当然不能再待在那里，跟着就一道走了。

回去，他直接去了医院。

"你我都要注意，工作要干，身体也要健康。不过，人都要走的，轰轰烈烈干点事，总比庸庸碌碌好。"陈维国继续着话题。话语里，既有关心，也有赞许。

我点头赞同。人的一生不过是从早上到黄昏。懂生活的人，会将自己存寄在岁月的某个美丽的缝隙里，让世人不轻易遗落。

说话间，已经跑过一大段路程。车内温度高，我把车窗放到最低，让风灌进来吹着，但还是热。这也难怪，6月，川南一年中最酷热的夏季。大多数人已经躲在空调室里乘凉，除非万不得已，很少有人主动往乡下跑。

那天是星期五，一早，办公室就打电话来，说8点钟准时出发，去榕山镇符阳村做实地调查，为今年开展的新型职业农民培训做准备。

这样热的天，早去早回，少受热少流汗，我觉得很明智。上车的时候，看到陈维国、刘成云已经坐在车上等着了，心里不免生出敬意。这个"五老"志愿者服务队是他们一手组建起来的，目的就是为农村基层群众免费提供各类服务。2012年开始，他们把培养新型职业农民作为工作重点，取得了很好的成绩，培育出了一批出色的新型职业农民，带动上千农户脱了贫，也为"五老"志愿者服务队增添了活力。为了迅速壮大新型职业农民队伍，2017年又制订了一个千人培训计划，8月份开始实施，集中在3个月完成，当年收到了很好的效果。现在，开始做今年的前期准备工作。

周之福是这个链条上的一个点，功能是使链条有序转动。

他走了，链条还得转动，断掉的点，我们有责任，也必须接上。我佩服陈维国、刘成云他们思虑深远。我生在农村长在农村，对农业并不陌生，加上这些年一直与乡下泥土打交道，深知目前农村现状，再无懂技术、善管理、会经营的新型职业农民投入现代农业中，农村的富裕繁荣就是一句空话。早在 2013 年，习近平总书记就高屋建瓴地指出：中国要强，农业必须强；中国要美，农业必须美；中国要富，农业必须富。

开展新型职业农民培训前，我去过一趟佛荫镇中坝咀村 9 社。那是一个晴天，太阳高高挂着，地里却少有人。那个社的现状和那个社的人，给了我很大的震撼。

佛荫镇是我的老家，原本很熟悉的地方，现在却有些陌生了。陌生的原因，除了道路变化太快（原先的泥巴小径变成宽阔的水泥大道和石板路），就是进入眼里的景物不同。正是稻穗疯长的季节，满沟满坳的田块里，看不到昔日稻穗铺天盖地的景象，连山坡上那一块连着一块的红苕地，也变得疏疏落落，水田和坡地有不少地方被荒草隔断了。我从双向四车道的大马路下道，就近去一个叫郎家山的地方。这是一个大屋基，早年住了 6 家人，现在拆散重修，住了 3 家，另外的 3 家分散成 6 家搬走了。我转了转，3 家人中两家的门关着，没有人，有人的一家女主人叫刘永贵，正准备去山坡割猪草。打过招呼，我问今年谷子好不好，她回说没种了。她的话让我吃了一惊。

我之所以吃惊，是因为这话是一个地地道道靠种水稻吃饭的人说的。佛荫镇中坝咀村属浅丘区，紫色土壤肥沃，是主要的粮食产区，农作物为水稻、小麦、玉米、高粱、红苕和豆类，以水稻为主。儿时，这里的 6 月，遍野的稻田绿油油的。

说没种水稻确实让我这个川南农村长大的人心慌。大米是川南人的主食。一个靠种庄稼吃饭的农户，不种水稻吃什么？难道要吃粗粮过日子？

坐下来跟刘永贵聊天。她说她已经 63 岁了，家里 5 口人，女儿、女婿外出打工，两个外孙读书。一家人种两亩水田，前些年丈夫在的时候，种一年的水稻差不多够吃两年。说这话时，她满脸自豪和幸福，眼里仿佛全是金灿灿的稻谷。接着目光暗淡下来，说几年前丈夫去世了，家里没有了劳动力，她试着种了一年，一是她一个女人，做水田活儿太辛苦，二是划不来，所以把田都放干栽果树了。她扳着指头算给我听：两亩田，犁田、耙田、铲田壁、搭田坎、租牛最少要 4 个活儿，栽秧得 3 个活儿，打谷子 4 个活儿还要赶早晚。按照现在当地每天每个活儿 200 元包吃三顿饭计算，每个活儿每天最少 250 元。这样一算，种一季水稻共需要近 4000 元钱。虽然现在打谷子有了收割机，费用少些了，但是仍然要 3000 多元钱。两亩田收获 2000 多斤谷子，折算下来也就两三千元钱。辛苦一年，一分钱不赚还倒贴。最难的是，她一个 60 多岁的女人，田里的活实在没法再干。显然，这不仅仅是她一个人或是一家人面临的问题。

说完怕我不相信，用手指着眼前的一湾梯田说："看看嘛，这些田都是荒起的，没有种，都是没有男人在家。"顺着她指的方向，我看到横在她家门前的田块是干的，没有种庄稼。田块下方是一块约 3 亩的鱼塘，浅浅的水在日光下荡漾着波光。刘永贵说鱼塘是一户姓李的人家的，家里人出去打工了，这两年都没种水稻，鱼也没养，塘闲着。水塘上一湾田里种着水稻，绿里泛着浅浅的黄，很诱人。右边却是一块干田，两块田里种着红苕，另外两块田也荒着。刘永贵说早年这些田也是种水稻的，收成很不错。左边的几块田放干栽上了荔枝和青果。本来，种果树也是很好的选择，但是因为缺人，青果卖不出去，结了果子没人摘，只有任其自生自灭，荔枝树甚至死了几棵。水塘下边的一湾梯田，除两块田里长着绿色稻谷外，下边六七块田的荒草有半人高。

"不种地了吃什么？"我提出了一个现实而又严峻的问题。刘永贵说买粮吃。她说现在的人吃得不多，买来吃还划算些。她的话让我有些发冷。现实来说，她家没种水稻，没有办法才买粮吃，但要是都不种水稻，去哪儿买粮呢？泱泱大国，14亿人，吃饭可是个大事，国家首先要解决的就是吃饭问题，只有粮食有保障了，才能谈得上发展。作为最底层最普通的她和与她一样的人们，当然不会去想也不必去想这样的问题。但是，从国家乃至整个人类社会的角度考虑，则不能让这样的状况继续。所以，"任何时候都不能忽视农业、忘记农民"这话很对。

其实这种状况之前在白沙、白鹿等乡镇断断续续也有所见闻，当时并没重视。现在想来，现实农村中，有佛荫镇中坝咀村9社这样窘境的村社或许不是很多，但也绝不是个案。由此可以窥探出农村对新型职业农民渴求的程度，可以想象目前川南农村对人才、对技术的需求状况。所以，我很佩服合江县"五老"志愿者服务队，佩服他们对农村服务需求的敏感，超前的意识和敏锐的洞察力，急乡村所急，送服务上门。

"看，这一段真是种庄稼的好地。"车过榕山场，刘成

云指着车窗外的庄稼感叹。

"前面才是出谷子的好地方，土肥水美还平坦，早些年，谷子成熟，黄灿灿的，一望无际。"宋天文说。

"不错，地面就像镀了层金。"这地方我来过，见过那情景，赶紧赞同。

我的话音刚落，司机老曾一脚刹车，"到了，下车"，然后把车稳稳地停在一栋小楼前。

二

榕山镇的符阳村在长江边上，我们去的11社小地名叫李子坝，是一块江水冲积而成的小坝子，黑油沙地，的确是种庄稼的好地方。脚板刚落地，陈维国就问站在我旁边的宋天文："跟小成联系好没有？重点看看他的水稻田。"

我问小成是谁，宋天文说是新发展起来的种田能手，叫成福鑫，种了几十亩水稻，是我们今天探访的主角。

李子坝果然名副其实，平坦的稻田犹如平整好的坝子，初抽的稻穗整齐如庞大的列队士兵，在迎面微微点头致意。田间沟渠纵横，水流潺潺，一幅土肥水好的壮丽景致。我们急着看成福鑫的稻田水稻长势，下车就直奔小楼房。

"小成。"宋天文连喊两声，没人应。"昨天联系好的，怎么不在呢？"嘴里嘀咕一句，赶紧打电话。

成福鑫确实不在家，等了一会儿才从场上匆匆赶回来，说是在场上开了个商铺，销售稻种和农产品，平时要守铺子。

见到成福鑫我很诧异，原来是一年轻小伙子。一问，才34岁。成福鑫说，现在我们看到的景象与前两年相比很不一样，这里有了很大变化，坝子里已经看不到荒芜的田块了。他说自己大学毕业后在外闯荡了一阵子，先后在江苏的三木集团等企业做事。每年春节回来，看到老家不少上好的田荒着，觉得怪可惜的，很想弄来自己试试。他说凭感觉，这田一定能种出好庄稼，赚到钱。几年积累下来的冲动，让他实在忍不住了。2016年，他辞掉工作，回来从邻居手里流转了37亩田，加上自家的和几个叔叔伯伯家的，一共50亩，用40亩种水稻，10亩盖大棚。他在大学学的是工科，对农业并不熟悉，只是凭着热情做，其实心里并没有底。秧子栽下了，怎么管理，大棚盖起来了，种什么，怎么管，他都不懂，很是焦虑不安。偶然的机会，听说县关工委有一个"五老"志愿者服务队，里边有高级农业专家，他赶忙联系，跑去请教。宋天文立刻带着专家们赶去，从育种到栽秧到收割，全程指导，当年获得了好收成，达到1000多斤，每亩盈利500来元，水稻一项赚了2万余元。

说到这里成福鑫感慨万分，他说刚开始的时候不仅是自己缺乏自信，连老婆和亲戚都不看好，两个叔叔甚至直接相劝说干不得，种地只有赔的，没有赚头。

"犟着干吗，不听话，赔个底朝天就晓得了。"叔叔说。

他也犹豫了好久，促使他下定决心的是每次回来看到的巨大变化，昔日金黄色的稻浪与眼前荒芜的田埂形成的鲜明对比，给他造成了心理上的巨大落差，而这种落差一直弥漫在心中，久久不能散去。他想试试，想改变这一状况，给这片土地，也给自己一个交代。

但是，真正做起来却很难。从拜师学艺、买资料学习，到寻找一切可以得到技术的途径，虽然嘴上没说，心里却一直在咚咚地敲鼓。直到请来了宋天文这群"五老"志愿者，如遇救星一般，心里才有了底。那段时间，他不停地往城里跑，接宋天文去他的地头，起早贪黑地干。宋天文又拉上张启权、翟元济，几个人现场研究，从稻种的选择到育秧、栽插、施肥，全程把控。

"有没有出现波折？"我问。

"怎么没有，不过幸好有了宋团长他们。"他说头一天栽秧子就遇到了麻烦。那天宋天文临时有事走不开，答应了去却没去成，他就在父亲的指导下，按老法子栽了两亩。第二天宋天文赶去，问栽下的两亩秧苗施底肥没有，他说施了。宋天文问施的是啥肥，他说化肥，宋天文"哎呀"一声，说"遭了，秧子要拐"。赶紧让把后面的田全施足了有机底肥。他当时不以为意，心里说："遭啥子？恁多年老一辈都是这样种的，难不成老天会特意跟我过不去？"不想真被宋天文言中。秧子刚栽下就遇上霜冻，先栽的两亩果真遭了，秧子出现"旱"像，半死不活的，费好多力才扭转过来。

还好，此后几位农业专家轮流坐镇，后面就没有再出现那种情况。水稻收割，竟获得了高产。成福鑫心里很高兴，接着用稻草和秸秆在两个大棚里种蘑菇，3 亩大棚的收入有 6 万余元。剩余的土地种早玉米、苦瓜，年收入超过 10 万元。我问他在外打工划算还是回来种田划算，他说当然回来种田划算。

他说的话让我看到了希望。"去地头看看吧。"我说。他站起身就前头走。

　　一条宽阔的水泥路把他的地分成了两块，右边是稻田。我们往右边去，走到他流转的地块，田垄里全是伸着长长稻穗的水稻，微风轻拂，稻穗摇曳，泛起点点微波。行走在田埂上，仿佛能听到稻粒成熟的鼓胀声。从长势和成色看，注定有一个好收成。与他的田垄相连的，是一眼看不到边的稻田，绿色一浪盖过一浪，长势都很喜人，应该又是一个丰收年。成福鑫说这是今年才有的变化，他去年丰收了，带动了周边的人。今年，相邻的田都种上了水稻，才有了眼前的景象。

　　我们转到道路的左边去看搭建的大棚，两个已经在生产，第三个还没完工。第一个大棚里开着厢，种着苦瓜和秋葵。我问收益怎样，成福鑫回说还可以。我知道这一带说"可以"这个词的意思就是很不错，或者说是很好。他能说这话，表明效果确实好。

　　李子坝之行完全颠覆了我以前的认知。"年轻人就是不一样，思路开阔，脑子活，新技术应用快，看似不赚钱的农业，人家一干就不仅赚钱，还带动了周边的人。"从成福鑫那里出来，陈维国很感慨，我们几个人也很感慨。

　　8月，新型职业农民培训如期举行。新一年的第一场培训，成福鑫早早就来了。当天，正如周之福所预计的，培训会场显得很拥挤，原本计划培训300人的场地，一下子涌来了400多人，屋内坐不下，不得不又一次临时改在露天的石坝里进行。那一刻，科学技术的魅力显现得多么耀眼！

　　培训会结束3个多月后，我去先市镇后坝村时，走访培训会上的几个熟人。我想看看培训的效果究竟怎样。之所以产生这个念头，是因为印象中早些年的有些培训像一阵风，刮过

就干干净净，什么也看不到。

我先去 1 社，碰到了 61 岁的农民黄辉永，他正挖红苕。本想立在土边随便聊几句，但他停下锄头，从土里跳出来，两只沾满泥土的手搓了搓，左手用三个指头轻轻提起挂在桑树上的衣服，右手用两个指尖从衣服口袋里夹出烟来。挂回衣服后，他把烟盒交给左手，再用右手尖起两个指头，轻轻夹出一支烟，热情地递给我。那动作既熟练又小心，害怕弄脏了烟。尽管我不抽烟，回绝了他的好意，但还是很感动他的朴实和热情。

我问他："谷子丰收了？"他说"还好"。从他回答的两个字里，我听出了他太多的喜悦。他说种了 32 亩田，2 亩搞制种，30 亩种优质水稻，收获了 3 万多斤谷子，按市价能卖约 4 万元钱。儿子工作后和儿媳住进城里去了，小女儿还在读初中，家里就他和妻子两个人，养了 10 来头猪，除了自己吃，猪也能收入两万来元。

我问种那么多地怎么忙得过来，他点燃烟，深吸一口，吐出一口浓雾，然后才回说："这就要感谢你们了，技术培训，现场指导，让我学会了机耕，减少了很多活儿，减少了投入，要不全用人工还真的投不出来。"

"你哪来这么多地？"我问。

"捡来做的。"他说。

我问哪儿捡的，他先诡秘地一笑，然后告诉我说他一共种了 8 户人家的地。8 家人要么举家外出了，要么没有男劳力在家，田没法耕种，就托给了他，他就"捡"来做了。上好的田，两年不耕种就撂荒了，复耕就会困难重重。黄辉永是社长，他不能看着好田变成荒地，就全部种上了庄稼。他说 1 社没有摞荒地，说这话的时候他的脸上泛起得意。

我怕耽搁太久，误了他的活儿，准备离开，他却说没关系，执意带我看种的田。走过的田埂，稻田一块连着一块，谷子早已收割，连再生稻也收回去了，田里只剩一排排的谷桩。黄辉永种的田边 1 米来宽的谷桩已经割掉，搭好了田坎，关上了水。他说关上水的田，谷桩在冬天会腐烂，来年用机器一打，就可以栽秧了。

离开黄辉永，我去 5 社王德均那儿。王德均 59 岁，种了 4 户人家的田，共 12 亩，收获了 1 万多斤谷子。一个人生活，这么多谷子够他吃上几年，算是比较富足了。我到的时候，他正在王德明的坝子里摆龙门阵。和他一起的还有几个人，都是参加过农业技术培训的。王德明显得很悠闲，住着两层小楼房，坝子收拾得干干净净，一点没有脏乱的痕迹。两个小孙孙绕膝围着转，幸福写在脸上。王德明说只种了自家的 3 亩田，活儿不多，所以轻松。说完自己，他拉过另外一个人介绍，说是社长，叫梁育富，我第一次认识。梁育富高高的个子，看上去 60 来岁，一问，已经 71 岁了，真看不出，一点不显老。梁育富种了 8 亩田，2 亩别人的，3 亩制种，5 亩种优质稻，全部自己耕种，他说制种划算些。他们几个人，年纪都比较大，一直在农村种田，有丰富的耕作经验。

离开他们，我决定再去 2 社，看看白其的收成怎么样。白其 52 岁，第一印象是一个很能干的人。我们到的时候他刚刚从地里回来，正在洗手。坝子的一半堆着还没晒干的再生稻，一个角落用条石围起来，拦了一群鸭子，空地上干干净净，一点也没有一些人家遍地鸡屎鸭屎那般脏。他端出几条凳子，让

我们先坐，然后进屋烧开水。我赶紧拦住，说我们一会就走，不必麻烦，于是我们就在坝子里聊。他说种了 16 亩水稻，其中 12 亩是捡另外 4 家人的，前两年忙不过来，农忙请人干，参加技术培训过后，栽秧、割谷、犁田、耙田全用小型机器，自己能干下来了，还养了 12 头猪。说话的时候，他脸上一直挂着笑，看样子，日子过得有声有色。他这个年纪的人，很多都是外出打工，他却靠种田养家，很自得。

离开后坝村我就一直在想一个问题：既然种稻谷不赚钱，黄辉永、王德均、白其他们为什么还要捡那么些田来耕种呢？难道一辈子种田还没厌倦？

从严格意义上说，后坝村的黄辉永他们与成福鑫存在很大差别。成福鑫是自主择业，主动种田，黄辉永他们有被迫的成分，身份就是农民。在相当长的时间内，我国农村和农业发展靠的都是他们这些"身份农民"。在户籍制度体系下，由于无法取得城镇户籍身份而留在农村从事农业，这样一种农民不是自主择业的结果。正因为如此，许多农民虽然身在农村、干着农业，孜孜以求的却是"跳农门"，特别是年轻的农民，即使是外出打工，有条件的都在城里定居了。要他们安心农业尚且很难，要他们爱农业、懂技术、善经营就更是勉为其难。随着市场化改革的深入，党和政府提出了农民职业化指导思想，提出了"职业农民"这一新概念。这就意味着农民变为一种自由选择的职业，而不再是一种被赋予的身份。从经济角度来说，它有利于劳动力资源在更大范围内的优化配置，有利于农业、农村的可持续发展和城乡融合发展，尤其是在当前人口红利萎缩、劳动力资源供给持续下降的情况下，更是意义重大；从社会角度来说，它更加尊重人的个性和选择，更能激发人的积极性和创造性，更符合"创新、协调、绿色、开放、共享"的发展理念。

在接触的这个人群中，我最关心的还是成福鑫，毕竟，他是真正意义上的新型职业农民。2019 年 10 月，我再次去李子坝，成福鑫喜滋滋地告诉我，他已改用机器插秧、直播、收割，又与种子公司合作，试种了几个品种的水稻，打算明年择优种植和推广适合当地高产的品种。试种的广 8 优粤禾丝苗很成功，亩产达到 1300 斤，已经有几户种七八亩田的农户预订了种子和技术合作。

成福鑫十足的劲头让我想起了后坝村带我走访的陈静，一个年仅 26 岁的姑娘，已是后坝村的副村主任。那天临走的时候，我曾问过她家的地种得怎样，她说家里没有劳动力，种不了谷子，田全放干了，栽了柚子和荔枝，柚子今年结的果子还不错。

"你懂技术？"我问她。

"懂一点，正在学。你们每年的培训我都参加了，学到很多。"她说。

这何尝不是另一种出路？从她清晰的思路可以看出，她应该又是一个新型职业农民。

三

晨曦透过窗户照进来，温健显得精神焕发，移动的脚步也似乎变得轻快起来，像突然间年轻了 20 岁。

"我的那件蓝色新衣服放哪儿了？"他问老伴。

"怎么突然想起要穿新的了？"老伴说。

"今天穿伸抖点，离开了，给他们留个好印象。"他回道。

"在这儿呢。"老伴找出衣服送过来，又把拐杖找来放到他跟前。他麻利地穿好，跛着腿去镜子前照照，然后才拄着拐杖出门。

温健退休后就做了"五老"志愿者，80岁了，不能再风里雨里去田坎上奔波，加上腿脚不便，走不动了。昨天，陈维国找到他说："老温呀，你年龄大了，身体不好，就不再参加志愿者活动了吧。坚持了几十年，不容易呀。明天，我把志愿者们喊拢来，给你送个行，算完美收工吧。"

听了陈维国的话，温健感动中又有些舍不得。跟农业打了一辈子交道，他的身心已经属于农业，他离不开乡村，更离不开那群他手把手培育出来的新型果农。多年的生活体验，他有了这样的认识："农业的出路在现代化，农业现代化的关键在科技进步。我们必须比以往任何时候都要更加重视和依靠农业科技进步，走内涵式发展道路。要适时调整农业技术进步路线，加强农业科技人才队伍建设，培养新型职业农民。"他认为这段论述无比正确，一直在这个思想的指导下努力着。原本还想继续去乡村服务的，可毕竟岁月不饶人。"哎——"他自个儿一声长叹。

"小心车子。"老伴冲他后背唠叨。

他不理老伴，一个人往外走。

接到他的时候，他已经走到路口。返回的路上，我跟他聊起了过往。

他说大家都不容易。这一群"五老"志愿者中，他的年龄最大。陈维国 75 岁，刘成云年过 70，宋天文也 68 岁：都不年轻了。这些人都是奔着为这片土地做点事才做志愿者的，这些年来有苦有乐，最得意的莫过于培养起了一批新型职业农民，算是为家乡的厚土植下了根。

我理解他此时的心情，几十年的奔波，"为伊消得人憔悴"，舍不得，放不下是正常的。

送行会结束，温健说要再去荔枝林看看。没有人想到他这个时候要去荔枝林，但这个要求不过分，陈维国说："行，我们陪你走走。"

温健是合江的荔枝专家，他对荔枝情有独钟，一生就做一件事——研究荔枝。

陈维国很理解他。从县长职位上下来，接手组建关工委"五老"志愿者的时候，陈维国第一个就想到了温健，把他请进了"五老"志愿者队伍。合江是农业县，不懂农业技术谈啥服务？所以，陈维国组建的"五老"志愿者服务队中，大多是技术型的人。

从外形看，很难将温健与农业专家、曾经的县领导联系在一起，十足就是一土得掉渣的老头。但是，温健从农业技术员干到了县政协副主席，是合江少有的高级农艺师之一。为了改良合江荔枝，使这一产业迅速发展起来，他把全部的精力都用在了荔枝研究上，写出了《合江荔枝栽培与管理》一书，为推动合江荔枝发展起到了很大作用。为了有一批不走的专家，后来他又把精力投到培育新型职业农民上。

合江盛产荔枝，合江荔枝盛名在外，品质好价格高。2008年北京夏季奥运会，正值合江荔枝成熟时，有人弄去销售，价格炒到了1200元一斤。

北方人或许对"一骑红尘妃子笑，无人知是荔枝来"的诗句很熟悉，不少人却难得看到真正的荔枝果实。荔枝是一种热带水果，鲜果肉半透明、凝脂状，味香美，有"果中皇后"的美誉，喜高温高湿，主产于广东、广西、福建。

合江属亚热带气候，境内高山、深丘纵横，长江、赤水贯穿，高温且高湿，早在唐时，河谷地带就产荔枝。唐代大诗人杜甫曾有"忆过泸戎摘荔枝，青峰隐映石逶迤。京中旧见无颜色，红颗酸甜只自知"的诗句，诗中"泸"指泸州，合江是泸州属地，自然在其中。在合江已经出土的宋代石刻上，也能看到荔枝的果实，可见合江荔枝种植历史悠久。

曾经很长一段时间，世人对杨贵妃吃的荔枝产于何处产生过激烈争论。要是当初杨贵妃真的吃到了鲜荔枝的话，从地理条件上推断，送去的荔枝应该产自泸戎一带。社会发展到今天，随着气候的变化，很多森林等绿色植被消失，内陆能产荔枝的地方似乎只剩下合江了，连泸州、宜宾都不产了。根据前些年的统计，目前而论，内陆所产荔枝，合江占了80%之多。并且，合江荔枝还有一个先天优势——晚熟。合江荔枝成熟期为7月中下旬至8月上旬，采摘时，沿海荔枝早在两个月前就下市了。荔枝存储期极短，素有"一日色变，二日味变，三日不可食"之说。尽管现在科技发达，可以通过冷藏储存，但仍然不可与刚从树上采摘的鲜荔枝相比。

尽管老天眷顾，合江有着上好的资源，但是，早年因受交通条件差和荔枝不耐储的限制，加上品质退化，合江荔枝一直发展缓慢，农民也没有因之而致富。直到通了高速公路，这一现象才彻底改变。

温健专攻荔枝，加入"五老"志愿者服务队，服务内容也主要与荔枝相关，尽管腿脚不便，但仍坚持下乡培训新型职业农民。

我们就近去了合江镇柿子田村，这个村9社有个润泽果业专业合作社，负责人叫袁海通，40多岁的新型职业农民。

车刚停稳，温健就迫不及待地拄着拐杖扑向荔枝林。看到树上长出来的嫩枝，就扯起喉咙叫袁海通："怎么搞的，这么迟了还没打秋梢？"他说荔枝最晚长出来的秋梢不灭了，开年荔枝就歇年，不开花，严重影响荔枝产量。

袁海通应声跑来，人未到，声音先到了："哎呀，老领导，怎么不打招呼就来了？说一声，来接你嘛。"然后才见过陈维国等几个陪去的人。

听说温健来了，一会儿工夫，就有六七个农民赶来，围着温健问这问那。温健说："你们这荔枝现在还不抓紧打秋梢，明年让它歇树呀？"几个人只是笑，说没忙过来。他马上跟人家讲解杀灭晚秋梢的时间、要领，宋天文则站在荔枝树前，不停折断树上的嫩枝做示范。

我却叫过袁海通，跟他聊他的专业合作社。袁海通说，早些年对发展荔枝缺乏信心，一直在外边打工、做生意，挣点小钱过日子，是温健的书和温健带着人的到来，让他一点一滴地学习积累，有了技术垫底，才下的决心，建立专合社，把荔枝发展起来。

　　我来这里，当然不仅仅是陪温健，重点是看袁海通的荔枝产业。早在去年，刘成云就几次介绍，说袁海通这个人不简单，很有头脑，发展起来的荔枝专合社已经初具规模，是"五老"志愿者服务队一手帮扶起来的。跟袁海通一聊，发现他的确脑子灵活，能耐不小。他说自己 2004 年在西南民族大学毕业，38 岁了，2012 年才回来种荔枝，成立合江县润泽果业专业合作社，目前已吸纳 327 户农户入社，栽种荔枝 5000 多亩，年产荔枝 20 万斤，收入 1100 多万元。300 多农户中有 40 余户贫困户，不少贫困户单靠荔枝一项收入就脱贫了。

　　关于荔枝专业合作社的发展，袁海通说主要靠技术创新，靠这些老专家的支持扶助，他笑指温健。他说特别是对于一部分贫困户，专合社的确帮了很大的忙。比如合江镇十堰村（贫困村）6 社的温正涛，一个三级智残人，父母留给几十棵荔枝树，因为没有能力管理，一年卖 3000 来元钱，加入专合社后，通过技术改良、科学管理，一年收入 8000 多元，翻了一倍多。

　　我看温健打秋梢的知识说得差不多了，便现场随机问了几个人，想看看培训后的实际效果。一位叫罗桂珍的妇女说，她家 5 口人，种了 300 多棵荔枝，大部分是参加培训后新栽的，还没产生效益。有几十棵老树，但以前不懂管理，隔年歇一回树，卖不了几个钱。2013 年加入专合社后，变化太大了，一年培训两三回，差的品种通过嫁接改良换成了优质的，施肥治虫严格按程序来，还增加了打晚秋梢。"以前哪个晓得要打掉晚秋梢嘛。"等在旁边的吴国珍抢过话头，手指罗桂珍，说她不得了，现在光荔枝一年就卖 10 多万元，说得罗桂珍乐得合不拢嘴。

"你家呢？"我问吴国珍。她不好意思地笑笑，说她家有 200 来棵荔枝树，都是新栽的，没有老树，刚投入，今年只卖了 3000 多元。

"也是很不错的收入。刚种的新树，犹如刚成长起来的青年，以后会越来越强壮，越来越有希望。这种希望会变成动力，未来会更美好。"我半认真半调侃地跟她说。

"谢谢你的吉言。"话顺耳，她听着很受用。

"就目前来说，袁海通和他的专合社已经做得很不错了。"陈维国走过来接住话头。

走在柿子田村 9 社的坡坡坎坎上，尽管已是深秋，依然满目深绿，没有半寸荒地、半亩荒塘。无论是执行主任陈维国还是常务副主任刘成云，都很感慨，说这就是培训出来的效果、新型职业农民的效应。做完讲解的温健接过话说："这还不算啥，你去看看另一个地方，会更惊讶。"看我有些疑惑，用手一指宋天文说："他的老家。"

温健的脸上既有喜悦又闪烁着得意，看他带有挑战性的目光，促使我决定再去看看他所说的让我"更惊讶"的地方会是什么样子。

别过温健后的第三天，我便约上宋天文去了他的老家。

宋天文的老家在大桥镇双旋子村 11 社，离县城 40 多里，去来要大半天。原本要叫上温健一起去的，但考虑到他年龄大了，腿脚不好，这么远的路太不方便，并且他已经退出"五老"志愿者了，于是只约了宋天文带路。

双旋子村在长江边上，河谷地带，卵石多，土地松软，

很适合荔枝生长。我们到的时候，11 社社长付水深正站在马路边等着。我们要去的信息，是宋天文前一天晚上打电话跟他说的，所以他没有外出。他的左手边，稀疏地立着几棵荔枝树，秋阳下略显落寞。付水深说，这一带成年树并不多，最长的树龄也就 20 多年，原因是早前交通不便，荔枝销售困难。零星卖两三元钱一斤还不好卖，哪个还要栽荔枝树？

这和温健口中所说的能给人"更惊讶"的境况相去甚远，不免令人失望。不过付水深话锋一转，说这种现象在 2016 年得到了彻底改变，现在栽荔枝的人多得很，积极性很高。没等我问，他就抢先说要归功于新型职业农民培训，同时眼睛盯着宋天文说："当然更要归功于宋团长带来的技术服务队。"

付水深说自己新栽了 100 多棵荔枝树，产果的成龄树只有 1 棵，还是大红袍。一棵树结的荔枝怎么卖？进城几十里路，量少成本高，豆腐都变成肉价了，基本没卖过。2016 年，县关工委"五老"志愿者服务队在开展技术培训的同时，帮忙引来了袁海通，组织有树的农户加入他的润泽果业专合社，以树入股分红，付水深一棵树分了 125 元钱。

我问他那棵荔枝树结了多少果子，他说入社的树不按结的果子多少分红，而是按投入果树的棵数分红。比方说一共投入 500 棵果树，有 350 棵结了果子，另有 150 棵没有结果子，按理这 150 棵树就没有收益，但是专合社依旧按 500 棵树分红。因为每一家的树都有不结果的年份，按实际结果的树分红，会导致有的果农一年一分钱的收益都没有，所以大家都很欢迎这种按棵数分红的办法。能分多少则根据市场价定，卖得多就多分，卖得少就少分，出售价格都在网上发布，大家一目了然。

总的来说，入专合社比自己零散卖划算太多。

"我们只管把树入股，管理、施肥、嫁接、销售都由袁老板的专合社包了，收入对半分成，在果林干活另外付工资。"站在旁边一直没说话的柳树华抢过话头。他指一片林子说："看嘛，这片林子就是我的，30多棵树，都是大红袍。平常年景自己卖，得不了几个钱，主要是没人管理。"柳树华已经83岁。他说两个儿子、儿媳都在外打工，孙子读书，自己年纪大了，没精力打理，荔枝树结果是一年，不结果还是一年，没有一分钱收入，交给袁海通的专合社后，前年分了4000多元钱。去年袁海通对果树进行了改良，30多棵树全部嫁接成了最好的品种黛绿，今年嫁接活的枝条已经长得老高了，油绿油绿的。

果真如温健所说，有大惊喜。我们沿着一条新修的水泥公路往前走了七八百米，眼前出现了另一番景象：两边原来的青冈全部被砍光，留下没来得及刨走的树桩，翻转的土地上整齐划一地种上了荔枝树，一片墨绿。从长出嫩枝的高度判断，应该是去年栽的。

爬上一座不高的小山包，一户人家正在砍青冈林，问他砍光做啥，回答说栽荔枝。小山包下一箭之地，是一大片已经成活的荔枝幼树，一个中年妇女在除草。迎面，清新的风徐徐地吹，我禁不住深吸一口气，顿时心旷神怡。我们的到来，立刻吸引四五个农户好奇地围拢来。问及栽种果树的情况，知道我们是来了解荔枝的，都七嘴八舌抢着说话。一位叫许淑珍的中年妇女说她家有16棵树，以前零零散散地卖，一年卖七八百元钱，自从加入专合社，交给袁海通后，今年分了14200元。看到赚得到钱，她又新栽了100多棵。

许淑珍的话音刚落，一位40来岁的妇女抢上前来自我介绍，说叫冯光珍，正在干一件大事。仔细一瞧，正是下边那片地里除草的女人。跑上来走得急，说话的时候还喘着气，冯光珍说她把自己的山林和两家亲戚的地流转了，共30来亩，栽了400多棵荔枝树。看样子劲头十足，很是自豪。问她为啥这么自信，她说自己家没投入几棵荔枝树，今年分了4000多元。能赚钱的事咋不干呢？她手指刚才那片新栽的荔枝苗说："自从袁老板来了，我就有精神了。我觉得他的搞法好得很，让我们躺着赚钱，要不我这些地不会栽荔枝。是袁老板来了，我才栽的，我把青冈林地全部栽了。"

"农民现实得很，赚得到钱的事就干。"宋天文背过冯光珍，悄声对我说。但眼睛里，流露出来的却是得意。

我知道他是在为新型职业农民培训的成功而高兴。真的值得高兴。太辛苦——对于他们科技团的"五老"志愿者来说，宋天文脑海里只有这三个字形容。他们差不多天天跑乡下，最辛苦的不是现场指导，而是培训。不少人讲课时要么没弄明白，要么开小差，培训结束却缠住不走，让你嘴皮磨出泡磨出血。终于出了成绩，能没自豪感？

我问总的加起来有多大面积，付水深说袁海通让全社的农户都加入他的专合社了，还有7社一部分，总共400多亩地，现在很多人家正在新栽。看来，这个冬天，双旋子村的人得忙活了。

从双旋子村回来，有两件事让我感慨良多。一件是我真正理解了什么叫新型职业农民，以及新型职业农民的作用；理解了为什么要在农村培养新型职业农民，合江县关工委的"五老"志愿者为什么要不遗余力地培育新型职业农民。另一件是我很奇怪袁海通的荔枝专合社哪来的本事让那么多的人加入，还要让所有加入专合社的人荔枝收入翻倍。在向宋天文、温健等专家请教过后，我领教了袁海通的胆识。他所吸纳的农户的荔枝树 70% 以上都是大红袍，品质一般，市场价也就 3 元到 5 元一斤，加入专合社后，他立即对果树改良，嫁接品质更好的黛绿、妃子笑等。以 2018 年为例，因为是小年，产量少，大红袍每斤 5 元到 10 元，而黛绿每斤最低 120 元，高的甚至卖到 200 多元，差距非常明显。再加上规模效应，农户的收入自然芝麻开花节节高了。跑一趟双旋子，虽然辛苦，但的确值得。

四

客厅里响起轻微的脚步声。宋天文蹑手蹑脚，尽量使脚步放轻再放轻，缓缓扭动门锁，准备出门。"不去自己园子看看，又要去哪里？"老伴还是被惊动了，责问声从阳台上传过来。

"今天你也不去吧，我要下乡，刘成云他们等着的，四五个人呢，我不去让人家白等？"宋天文一边回答，一边继续往外走。

"一天到晚就是下乡，小心哪天走不动。"老伴听脚步声出门去了，冲后背咕哝一句。她没想到，这话差点一语成谶。

宋天文是带科技团的人去康一可果园看柚子。9 月末，柚子成熟了。他是一个很认真的人，确定了的事，不能不去。他迈出门槛就打电话问刘成云车子出来没有，叫多留一个座位，说约了老胡一道去。

我又是最后一个上车。车门打开，里面讨论正热闹，话题都是柚子。

对于"五老"志愿者的服务活动，陈维国、刘成云一开始便定下了为新农村建设发展绿色农业的理念。"新农村建设一定要走符合农村实际的路子，遵循乡村自身发展规律，充分体现农村特点，注意乡土味道，保留乡村风貌，留得住青山绿水，记得住乡愁。"这段熟悉的话，他们作为服务的指南。

在岗的时候，陈维国走遍了合江27个乡镇，深深体会到这段话对农村多么重要。当年农业学大寨，全国山河一片红，不留死角不留空白，不管是山区还是平坝，农民扛上锄头带上口粮，每天挖山造田。结果山挖了，地填平了，树林毁了，绿地没有了，粮食却年年减产。曾经一段时间闹饥荒，农民一天三顿连清粥稀饭都没得喝。这事，现在还清晰地印在脑子里。

陈维国说，所谓"注意乡土味道，保留乡村风貌"，就是不搞一刀切！山地平原，适合种啥就种啥，比方在山区、半山区发展水果，在浅丘种粮食蔬菜。

"你们的决策英明，我们科技团也有了事干。"宋天文见两位主任高兴，话说得更顺耳。

"路子对了，才能发展。这些年我们的水果、药材发展的确不错。"我忍不住说。

"这就是特色农业。人才是关键，特别是新型职业农民。"陈维国余兴未尽，总结式地来了一句。不过，他说的一点没错。

合江地处四川盆地边沿，半山区半丘陵，邻近"四大火炉"之一的重庆，夏天温度高、湿度大，深丘区很适合发展果树。

与种水稻相比，种果树劳动量少，收益高。陈维国和刘成云在招募"五老"志愿者时，特别注重选择绿色农业的技术人才，宋天文很自然地进入了他们的视野。

宋天文是合江县稀有的高级农技师之一，懂田间耕作，懂果树栽培管理，特别对柚子栽培技术有较深的研究。他从农技员干到县农业局局长，退休后自己流转了几十亩土地种果树，成天待在果园里，研究栽培技术，把自己折腾成了一个地地道道的农民老头。初次见他，看面貌和装束，很难相信他是农技专家、当过局长的人。但是，一到地头，你就不得不佩服他对农业的熟悉和见解。

早年，合江种植过多种果树，也大面积种植过柚子，但是因为技术不过关，大多效益差，直到一种叫真龙柚的品种出现，才彻底扭转了这一现象。

说到柚子，还得普及一下知识。这种水果主要产地在南方，最北至河南信阳和南阳；果子耐储存，鲜果采摘后可以在自然条件下储存 6 个月，有"天然罐头"的美誉；果肉富含维生素C，所以很受人们喜爱；品种较多，常见的有文旦柚、坪山柚、沙田柚和琯溪蜜柚。文旦柚原产于浙江玉环市，坪山柚原产于福建华安县，沙田柚原产于广西沙田，琯溪蜜柚原产于福建平和县琯溪。几个品种中，沙田柚名气最大，其特点是葫芦形的果实较大，丰产，果肉脆嫩爽口，风味浓甜，品质上等；缺点是果汁较少，合江真龙柚刚好弥补了这个不足。

宋天文说起真龙柚立刻眉飞色舞，像捡到金子般高兴。他说得到这个品种可没有少花功夫。最早是在当时的真龙乡新瓦房村 4 社杨建秋家看到这种柚子，不过个头小，大的只有一

斤多一个，但是味道不错，于是详细了解了这个品种的来龙去脉。杨建秋说是从广西引进的沙田柚，种了几年，变成了现在的样子。宋天文当时正好在农业局局长位上，知道是变种，于是带着人去蹲在那里，潜心改良。经过几年的努力，终于获得了个大、味好的新品种，命名为"真龙柚"。那年，农业部（现为农业农村部）组织果品鉴评会，他兴冲冲带着改良的真龙柚参加评选，获得柚类水果唯一金奖，真龙柚名声大震。

这些年，他把这一技术发挥到了极致，大力推广，使合江真龙柚产量呈几何级增长。

因为有成绩，心中未免得意。从成福鑫那里回来那天他就约了我，去他帮扶指导发展起来的柚子种植大户康一可的果园。因为忙，一直拖到了现在。昨天他打来电话，问我准备好没有，说柚子成熟期到了，他去帮忙"把把脉"，确定采摘期。

"柚子有一个最佳采摘期，前后也就 10 多天，还要选择晴天，雨天采摘的柚子容易烂。"宋天文继续着同一个话题。他滔滔不绝，话里话外都是柚子。刘成云问康一可果园今年怎样，这一问他更加兴奋，竖起大拇指，连夸不错。

"康一可多大年纪？"我没见过康一可，便问宋天文。

"康一可算得上是回乡创业的青年典型，才 34 岁就干出了一番事业。"他回我。看我有些疑惑，又补了一句："我说的不算，到了地头你就知道我所说非虚。"

"确实不错。"刘成云也忍不住赞了一句。

宋天文说康一可果园的发展，刘成云也费了很多心血。或许他们说的不假，在我了解的新型职业农民中，每一个发展起来的人，背后都离不开这群"五老"志愿者的技术支撑。

康一可的果园在白米镇九丈坝，长江河岸边一块小坝子里。九丈坝原是一片国有农场，因为经营不善，垮掉了，土地荒芜了好些年。2004年，康一可大学毕业后，听说这里有这么一片荒地，过来看了看，直觉告诉他这是个搞种植的好地方，便离开老家榕右乡坪岩村，到这里租了20亩地种柚子。

下车伊始，举目看过去，我第一印象是这是一块荒原。除了康一可的20亩果园是绿色的，周遭全是半人高的荒草。贴近果园一侧，堆着小山一样的卵石。曲折的田埂荒径，给予我巨大的错觉。片刻，我又在这样的错觉中渐渐愉悦起来。

康一可的柚子林里，黄澄澄的柚子挂满树枝，令人不由得眼前一亮。他的柚子普遍比一般人家的个大、匀称，差不多都在三四斤，很少有小个的，单斤售价也要高出市场价1元左右。林子里的柚子树不高，树冠却展得很开，树下敞亮通透，微风习习。阳光穿透树叶，在平整光秃的地面洒下点点光斑，好似河面上的波光粼粼。有鸟儿从树顶飞过，落下几声鸣叫，是那样的动听。柚子树上，挂满的是柚子，也是乡愁。我相信，来过这里的人，一定会想念这些柚子树。宋天文窜进林子，托起一个柚子说："看看吧，这就是技术。"

七八个来游玩的人，正在林子里闹得欢，有小孩吵着要吃柚子。康一可钻进林子，一会儿抱着几个柚子出来，说是几棵熟得早点的，先摘来尝尝，小孩们立刻围了过来。到临时搭建的"住房"坐下，康一可找来一把菜刀，三两下去掉柚皮，一人给两片，再端来一张小桌子，剩下的摆在桌上，叫我们也尝尝。我们也不客气，抓起一片柚子，撕开透明的包层，晶莹

油亮的果肉就呈现出来了，掰一块放进嘴里，那恰到好处的甜和脆嫩的清香，让人欲罢不能。

尝过柚子，开始闲聊。我问一年的收入，康一可说柚子卖 20 万元左右，苗圃是大头，一年能卖 50 来万元。

他说："你现在看到的林子的确不错，刚开始的时候我却是死的心都有了。那个时候啥子都不懂，只晓得埋头苦干，种植的真龙柚迟迟不产果，投产的树挂果少，效益出不来。差不多都绝望了。幸好遇到了关工委'五老'志愿者的专家。"说到此微笑着指宋天文："感谢宋局长他们来手把手教我水肥管理、病虫防治、修枝整形、人工异花授粉。经过系列改良，种植的真龙柚才提高了挂果率，个头变大，品质变优了。柚子林从 2006 年的 30 株发展到现在的 300 余株，产量由 500 多公斤增加到 2 万多公斤，经济收入从 5000 元增加到 20 万元。"

"施化肥吗？"冷不丁地，我冒出一句，打断了他的叙述。

"原生态，是向生命的本源回归。现在的人，都追求绿色，哪敢用化肥？再说，施用化肥的柚子，品质差太多，价低，没人买。我用的都是有机肥。"他一点也不吃惊，似乎料定我要问这个问题，而后又带我去看正在发酵的肥料。

"用什么弄的？"我问。

"猪粪和草皮。我连鸡粪都不用。"他说。

"为啥不用鸡粪呢？一样的是有机肥呀。"我不明白，追问他。

"宋团长能跟你解释清楚。"他没直接回答我，卖了个关子，把球踢给宋天文。

"鸡粪里含有微量重金属，会遗留在果子里，影响品质。"宋天文说了缘由。

我肃然起敬，佩服小伙子的用心。绿色农业可不是说说而已，是要有真正的理念、真诚的心。

农场边是白米镇陈湾村5社，从我们站的地方看过去，越过荒芜的草丛，能看到几棵稀疏的柚子的绿。我问那是哪儿，康一可说是一个叫徐志勇的农民种的。他说徐志勇开初种了10棵柚子树，多年了都无收获，陷入了自己初期种柚子时那样的怪圈。后来看康一可的柚子年年丰收，就干脆把柚子树交给康一可管理，自己出去打工了，每年分3000多元钱。康一可觉得这样不利于徐志勇家庭发展，开始手把手教其剪枝、施肥、治虫，帮其学会了技术，把柚子树还给徐志勇自己管理。徐志勇获得了信心，回来重新干农业，新栽下了几十棵柚子树。

康一可的话让我吃惊。我吃惊的不仅仅是他个人投入种植业，更吃惊的是他用学到的技术帮助更多的人投入农业。

一个人只要认真、专心，学习技术并不难，难的是毫无保留地传技术，带领周边的人共同致富。

回到吃柚子的地方重新坐下来，我说了刚才看到的情景，宋天文说："你看到的只是一点点，你不知道的是，康一可带头成立柚子专合社，吸纳周边300户农民加入，分享自己成功的经验，带动大家种柚子，现在柚子年产量达到了100万斤，收入500余万元。"

"的确了不起。"刘成云及时给予鼓励。

我也觉得了不起。对于一个初创的专业合作社来说，达到这样的规模、取得这样的效益确实不简单。康一可说，300

户农户中，差不多一半是另一个社的。可见康一可这位年轻职业农民的胸襟和视野。"农民很现实"这话似乎已经成为过去。事实证明，只要有好的产业，有好的带头人，农民就会把"现实效应"放大。

合江属地有一半以上在乌蒙山边沿，高山深谷，素以森林风景闻名，自然条件得天独厚。密溪、虎头这样的依山乡镇，是柚子的天然果场。回来的路上，宋天文告诉我说，康一可已经把柚子这一产业跨乡镇发展了。看我似乎不太相信，他也不做解释，只教我改天去虎头镇看看，说看了自然会释疑。

从康一可果园回来第三天，我随宋天文来到虎头镇河咀村 8 社，特意去看看这里一个参加"五老"志愿者服务队培训后发展起来的柚子种植大户。到的时候却看到康一可在果园里，跟主人王承禄聊得正欢。

我问康一可怎么也在这里，王承禄说他的柚子苗是在康一可那儿买的，栽下后就一直是康一可带着专家来做技术指导，直到现在产果，康一可还常来。

王承禄 44 岁，虽然文化程度不高，却是一个很有头脑的人，早年一直在广东东莞打工，一年才回来一趟，钱虽挣到了一些，却很难照顾到家里。父亲去世后，连自家的责任田都没人耕种，荒芜了。近几年，不少邻居把柴山地开垦出来种上了水果，他觉得是一条不错的出路，于是，2011 年回来，除了把自家的地经营好，还流转了 10 余亩山地，从康一可那里买来柚子苗，种了 300 多棵柚子，前年开始产果，收入 3000 来元，去年翻了一番，卖了 6000 多元，预计今年会有 1 万多元。

说王承禄有头脑，不仅仅是因为他种柚子，还因为他还种了6亩荔枝，把200余棵荔枝树全部嫁接成了品质好的黛绿、红绣球、冰荔等价值高又畅销的品种，今年冰荔卖到了600元一斤，试投产就卖了1万多元。问到他打工与回来做农业相比，乐意选择哪一样时，他笑着说："还是回家自己干轻松些，没有压力。"

从王承禄那儿出来，宋天文带着我去看了一个叫李路路的人的柚子园。李路路是一个年仅29岁的小伙子，住在虎头镇五亩田村15社。他住的地方刚好在四川盆地边沿的二级台阶上，再往上几百米就是贵州高原。这样的地方山多田少，森林覆盖率高，很适合种植果树。热情的李路路一见面就拉我们去了他的柚子林。他很健谈，一路上不住地说他家的柚子多么优质，到了地头还钻进林子里摘了两个大柚子，说是一会儿剥开让我们尝尝。

从柚子林回来的路上，有人悄悄告诉我说，这小伙子是浪子回头，这副乖巧的面孔出现也就几年。"这娃儿过去野得很，啥子都干，是拘留所的常客，直到几年前种了柚子，娶了媳妇儿，才改好了。"

不方便直接问怎么改邪归正的，我就问什么时候种的柚子。李路路说自己喜欢唱歌跳舞，跟着老爸去白米镇演出时认识了康一可，看了那个果园，心动了，才买柚子苗栽的。"不过只是凭热情，啥都不懂，剪枝、施肥、治虫都靠康老师来指导。"他叫康一可老师，可见是真心想学技术。他的柚子林只有2亩左右，不大，前年刚产果，卖了4000多元，今年看架势，超过1万元没问题。

"你不知道李路路的过去？敢跟他打交道。"从李路路

那儿出来，我问康一可。

"一开始的确不知道，后来才听说这小子不是省油的灯，早先偷鸡摸狗啥都干。不过现在改好了，不信你可在周边问问。"康一可回我说。

"会不会是一时的表现？"我还是有些怀疑。

"我问过派出所，近些年很规矩。"康一可说。"这样的人，更要帮助。他的事业发展起来了，手头有了钱，生活富足了，自然就会往好的方向转变。再说，帮一个这样的人，会给社会减少很多麻烦，有啥子不敢交往的。"

我站下，盯着康一可好一阵。这年轻人，胸襟开阔，视野了不得。"跟好人学好人。"心里，突然想起小时候父母亲常教育的这句话。

从虎头镇回来的第三天，突然传来消息说宋天文摔了，躺在病床上。这个消息令我吃惊又疼惜。那天他下乡指导荔枝管理，爬上树去做示范，现场的人都叫他不要上树，说年纪大了行动不敏捷，怕摔着了。他看一些人没吃透要领，坚持爬上树去，下来时不小心被树枝挂住了，摔在了地上。幸好摔得不重，但腿被刮伤了，真正应了他老伴的话。

说实话，我很敬佩宋天文，一心扑在传授技术、培养新型职业农民上。但我更敬佩康一可这样的年轻人，摈弃"技不传人"的陋习，用自己学到的技术毫不保留地帮助他人，让大家共同致富。

五

"小心！又是一个大坑。"刘成云不断提醒司机老曾躲着点走。"这条路怎么整得恁烂！"同时，也不忘发泄不满。

早晨，刘成云连孙子上学都没送就催着我们快走。一早就出来，就是为了早点赶到，没曾想遇上这段烂路。

我们去的目的地是福宝镇渡口村，那儿有一个福森专合社，专门种植石斛，在县关工委"五老"志愿者的帮助下，近年发展得很不错。渡口村离县城80多公里，还要爬很长一段山道，一般情况下，两个小时能到。我们8点钟出发，计划10点左右到。路上，刘成云已经跟专合社的负责人权家成联系过了，告诉了我们到达的时间，权家成在那里等着的。

我们去的目的是看专合社的规模，了解石斛的产销情况。缘由是"五老"志愿者们在那里培育起了一个新型职业农民，发展起了一个新兴产业。

在走访过几个典型的职业农民后，我看到了新型职业农民的巨大作用和效应，深深感到加速实施这一工程的迫切性。

那天，从双旋子村回来的路上，宋天文跟我谈起"五老"志愿者扶助的另一产业——石斛（当地人称"吊兰花"），说已经做得很不错了，问我要不要去看看。

在合江县"五老"志愿者服务队里，宋天文、温健这样的专家还有好几个，比如高级农技师翟元既、高级畜牧师田荣泾、农技师张启元等。只要是服务农业的事，这些人从没退缩过。但是，挑大梁的还是宋天文，他是科技团团长，带着一帮子专家东奔西跑，有点像救火队长，也的确做出了成绩，他

说有看头的，应该错不了。所以，我想都没想就回他说"一定要看看"。

这个产业，技术上是宋天文他们负责，但项目的发展却是刘成云花的心血最大。比如与当地政府的沟通，立项、生产、产品销售，等等，都是刘成云在做。去之前跟他一说，他就特别感兴趣，铁定要去，那段时间正巧市里搞"五老"志愿者服务大赛，他正好要下乡选点，就一道去了。

福森专合社在山里。过了福宝古镇，到骑龙三角塘的水泥路被修玉兰山风景区的重车压坏了，全是大坑小凼，很不好走。那路原本就窄，两辆车迎面开来，会车都很难，现在压坏了，遇上大坑躲都没法躲。我们的车走走停停，慢得像蜗牛。幸好不长，只有 5 公里，但是也耽搁了不少时间，到渡口村已经 11 点过了。

权家成看到满车身的泥浆，打趣地说："我还担心你们过不了那道坎。"知道他说的是出福宝场那段烂路，刘成云笑着回他说："别担心，只要是到你这儿来，再难的坎也能过。"然后笑着上前握手。我特地注意了一下环境，我们站的地方是半山腰，离山顶还有一两百米，从这里往上，都是郁郁葱葱的树林。落脚的地方是几块梯田组成的一小块坝子，权家成铲平了两块田来搭建临时住所，但还是简陋。

权家成说现在已经好太多，早先在再上一层的岩上，还要恼火得多，有兴趣的话一会儿带我去看看。我要先了解概况，就回应说"等一会儿再说吧"。

我和权家成坐在他搭建的做培训用的大厅里，喝着刚刚采摘晒干的石斛花泡的新茶。前边一块梯田下便是高崖，后面是葱茏的群山，透过窗户，能依稀看到树下油绿的石斛枝干在微风中摆动。他的妻子在一墙之隔的厨房里煮腊肉、豆花，一名员工兴冲冲提回几条从后面小水塘里钓回来的鱼。刘成云制止说："中午吃工作餐，别整鱼煮肉的，搞复杂了。"权家成一笑说："刘主任你坐，莫管，不是专门为你们整的。"接着说他的一个战友患了癌症，日子不多了，几个要好的战友陪着，送他到这儿来散散心，鱼是特地为患病的战友弄的。刘成云这才放心坐下。权家成感慨地说："说实在话，整几条鱼吃也是应该的，出自我的内心。是你们'五老'志愿者的扶助，我这个福森种养专合社才有了发展，有了今天的好日子。"

我对他说的福森专合社不甚了解，他赶忙拿出一块牌子，我看烫金底板上赫然写着"合江县福森种养专合社"，下一排大红字是"农民合作社，国家级示范社"，落款是农业部（现为农业农村部）、国家发展改革委员会、财政部、水利部等九部委。我肃然起敬，在这样的大山里获得国家级示范社的金字招牌，的确不简单、不容易。他说"还有呢"，又拿出一块中国科学技术协会和财政部联合颁发的"科普示范基地"的牌子，同样金光闪闪。

权家成说他的福森种养专业合作社是 2011 年成立的，主要从事金钗石斛的生产、营销和科研。如今专合社已经发展到 104 户成员，带动起 204 户农户种石斛，流转土地 8000 亩，发展石斛基地 4000 亩，培育出 40 多个金钗石斛生产大户。

的确，无论是专合社的发展，还是国家给予的荣誉，这一切都来得不容易，背后是汗水和艰辛，是付出。权家成当过兵，退伍后到粮食部门工作，是福宝粮站的负责人，吃着皇粮

管着皇粮。2000 年，国家对粮食部门改革，他本可以留下来继续过收入稳定的日子，但是看好了渡口村这片石头，毅然买断工龄出来自谋出路。

渡口村二层岩一两百米的山坡上，绝大部分是人工林，与原始林相比，少了很多藤蔓，最要紧的是，这一带的半山腰全是大大小小的乱石，树木相对较稀，很适合栽种石斛。

或许不少人并不知道石斛是啥玩意儿，这里不得不给石斛打个广告。石斛是一种濒危植物，很好的中药材，用于治疗阴伤津亏、口干烦渴、食少干呕、病后虚热、目暗不明等。花供观赏，采摘烘干后可泡茶制酒。川南人习惯称之为"吊兰花"，是因为多生长在黄桷树、梨树、樟树等树皮厚、树干粗大、枝叶繁茂的树上。偶有长在石块上的，但必须是阴凉、湿润、长有苔藓的石块，而且少见。石斛花姿优雅，玲珑可爱，花色鲜艳，气味芳香，被喻为"四大观赏洋花"之一。据说，云南的傣族对石斛花尤为喜爱，不少人将它种植于自家房顶显眼的地方，为竹楼增添一道亮丽的风景。每年傣族新年，石斛开出一串串一年仅能灿烂一次的美丽花朵，爱美的傣家姑娘纷纷把花摘下，插在自己的头上或衣物上，表示对未来美好幸福的期待。

权家成是不是知道这个故事，冲着石斛花到的渡口村不知道，但冲着石斛的价值做的决定是肯定的。这些年石斛被炒得沸沸扬扬，特别是传说石斛能防癌，人们把它当成了宝贝。开初他很奇怪，生长在厚皮树上的吊兰花，怎被叫作石斛呢？这里边肯定有故事。于是，他通过查阅资料、实地走访，知道了那植物原本就是生长在石头上的，才做的决定，下的决心。

一开始，他小打小闹，发展缓慢，连生产都很难维持。他也几度怀疑过当初的决定，也曾经动摇过、想放弃。正在犹豫不决的时候，合江县对产业发展做出调整，鼓励发展优势产业。县关工委"五老"志愿者了解到他的石斛产业遇到了困境，便主动上门扶助。

"目前主要的困难是啥？"第一次来，刘成云直接问权家成。

"四个字：技术、资金。"权家成说。

刘成云告诉权家成，技术好解决，"五老"志愿者中有懂技术的人；资金需要协调，但尽可能想办法。

回来后，刘成云便派专人去给权家成做技术指导，又赶紧向县里汇报，介绍了新兴产业的前景，获得了县里的专项支持。资金解决了，权家成迅速扩大种植规模，同时积极参加培训，邀请专家指导，使产业发展逐步向好。近几年，变化可用日新月异形容，栽种技术取得了重大突破，专合社日益壮大，收入年年拔高，2017年实现销售收入800多万元，专合社的社员户平均收入近1.3万元。目前正与中科院成都生物研究所合作，开发利用金钗石斛道地、产地产品，充分利用福宝原始森林公园这一得天独厚的生态优势，向农业农村部申报有机农产品、地理标志认定获得成功，特别是带动了148户贫困户脱贫，实在是功莫大焉。

话聊得差不多的时候，我提议看看专合社的石斛，然后去看几户脱贫的农户，他立刻起身，兴冲冲前头疾走。越过一道土坎，左边有几个大棚，从敞开的口子看过去，能看到一朵

朵球菌似的东西，他说是试种的灵芝，一会儿回来细看。脚下
不停，依旧直往林子里奔。

　　绕过几片菜地、竹林，从散发着浓郁芳香的核桃树下穿过，
长得结实帅气的权家成在前面领着我们往山上爬。斜坡不长，
但很陡。我穿了双磨平底的旅游鞋，紧跟在他身后。林荫下，
碎石夹杂着泥土的细路，很有些湿滑，我差点摔倒。权家成说：
"你两手揪着旁边的树枝慢慢往上爬。"我只得把全身的重量
都放在手上，攀崖似的往上爬，终于在一块相对平坦的横路中
间站住了脚。

　　在我的印象中，从没有看到过这么大片、长得这么葱茏
的石斛。走进林子，就如同走进一座阔大的植物园。大小、横
竖、高矮不规则的石头上，挤挤挨挨全是石斛。阳光穿透树叶，
稀稀疏疏地洒落，照在石斛厚厚的叶子上，折射出油绿耀眼
的亮光。我禁不住惊叹，沿着石径贪婪地攫取伫立在石头上
的绿色。要是这么连绵数公里的石斛都在开花的话，将是多
么壮观的场景！遗憾的是，石斛花期已过，没有看到最激动
人心的绚丽。

　　转过几墩高大的石头，看到前面有一个人蹲在石斛丛中。
好奇心驱使我上前搭讪。那人说叫樊时贵，就是这渡口村 7 社
的人。

　　我问他："看什么？"

　　他说："看石斛遭虫害没有。"

　　我盯着他看的石斛："遭虫害了吗？"

　　他说："没有。"

我很不解，问他："贴这么近干什么，远远地不就能看见吗？"

他摆摆头笑着说："你不懂。"

我确实不懂，但他很直接的回话让我有些难堪。他顿了顿，或许是察觉那话太直，马上解释说："黑斑病、炭疽病远一点能看出来，有一种叫菲盾蚧的害虫，寄生在叶片的边沿或背面，要贴近仔细看才能看出来。如果遭了菲盾蚧，就只有把有盾壳的老枝集中烧毁。"

他这一说，我也紧张分分地翻过几丛石斛仔细观察，油嫩嫩的绿色里并没有遭虫害的痕迹。他说要经常查看，万一有虫害好及时处理，免得大面积发生时打药。这种自然环境下长起来的药材，要保证它原生态的绿色特性。

一个普通农民，居然懂得保证原生态的重要性，这是我没想到的。我问他是不是特意来看石斛，他说是在这里干活的，2011年专合社成立就来了，每天都和这里的石斛打交道。儿子、儿媳出去打工了，孙子读书，家里就是他们老两口，山里没啥可挣钱的，闲着也是闲着，在这里干活一年还可以挣2万多元，划算。

说完，他扬起笑脸，一脸的灿烂。这样真诚、朴实的笑脸很感人。一个山里的汉子，因为能赚到钱，能让生活富裕起来就感到满足，这是山乡农民一种真挚而质朴的情感、真实的情愫。

从樊时贵身边离开，我一边走一边在想：像渡口村这样的山村，要是没有一个支柱产业，没有集体发展形成规模，农民要脱贫致富的确很难。由职业农民带动专合社的兴起，代表

了一种潮流，一种抱团取暖的新形式，给农民带来的利益是实在的、可持续的。农民在困顿中突然获得意想不到的收获，喜悦是自然的。我脑海里不断闪出那张充满幸福感的笑脸，毋庸置疑，那是由衷的、发自肺腑的。

权家成说除了渡口村，他的福森种养专合社已经延伸到了另一个贫困村——穆村，在那里发展起了基地，问要不要去看看。刘成云一看还有时间，便说"去吧"。

渡口村与穆村相隔并不远，也就几里地。顺岩而行，翻过几条湾几个坳便到了穆村6社，一个叫段世友的农民在路边等着。权家成给他打的电话。

段世友的石斛栽下才一年多，没有成林，显得疏落。不过，300亩的面积不算小。宋天文摘下一支看了看，说长势不错，管理好点，明年就成林了。我问怎么想到一下种这么多石斛，段世友说是跟权家成的福森专合社合作，有底气。

"怎么个合作法？"我问。

权家成回我说："贫困户用闲置的山林地入股，林木一根不毁，林权不变，石斛由专合社出资种植、管理，收入二八分成，专合社占八成，贫困户分两成。"也就是说，山林权属还是贫困户的，林子还是原来的林子，贫困户只要说声"同意"，给专合社经营，什么都不用做不用管，就可以分到石斛收入的20%。这简直就是无本的买卖，贫困户岂有不愿意之理？

"除了段世友，贫困户李小平也种植了300亩，黎先柱种植了20亩。"权家成指着不远处的几片树林说。

林荫下，我听见权家成问段世友还有多少户人家的树林适合种石斛。穆村 6 社也全是山地，除了树林还是树林，但并非所有的树林都适合种植石斛。段世友说还有五六户，但大多是像黎先柱那样的小片林子。

权家成嘿嘿一笑说："不怕，种上多少也能增加点收入，这阵过了我去找他们。"

离开福森专合社时已是下午，天空稀稀疏疏地下起了小雨，我站在权家成用水泥铺就的坝子里，回头向山腰看去，雨雾弥漫了整个森林，一箭之外的一墩石包上，几丛石斛张开叶子，尽情享受着甘露的沐浴。我心想，樊时贵、黎先柱他们这样的贫困户所得到的帮助，不正像这下着的小雨？

因为时间不够了，权家成最早在山顶种植的石斛，我们没能上去看。不过，从已经看到的几片石斛来看，推测应该不错。

回程的路上，我跟刘成云、宋天文说起对这些新型职业农民的震撼和惊讶，我说完全没料到关工委这个成立于 2010 年 5 月的合江县"五老"志愿者服务队会有如此大的魔力和召唤力，会获如此的成就，培育出了这么些前景看好的新型职业农民。刘成云告诉我说，其实"五老"志愿者服务队成立的宗旨就是为农村基层群众免费提供各类服务，包括思想、法制、家庭、科技、文艺等。没想到一下去服务就很受欢迎，激发了队员的创新热情，然后就每年确立主题，以主题宣讲、业务培训、关爱助困等形式深入基层服务，年服务对象 3 万多人次，助孤、助残、助困、助业青少年 1500 多人。

回来后，在同陈维国去榕山镇汇洞桥村时再次聊起这个话题。陈维国说："现代职业农民培训是我们的一个前瞻性

项目，是为农村经济发展培育急需的人才，助力乡村振兴而开展起来的，这几年已经培训了 6200 多人，培育出了一批真正的新型职业农民。这个路子我们走对了。"说到这儿他脸上露出少有的微笑，也表露出一种自信。他说中央 2017 年印发了《关于加快构建政策体系培育新型农业经营主体的意见》，这个文件说得很明白：在坚持家庭承包经营基础上，培育从事农业生产和服务的新型农业经营主体是我国农业现代化的重大战略。要求农业部（现为农业农村部）2018 年培育 100 万人以上的现代新型职业农民，到 2020 年，全国新型职业农民总量超过 2000 万人。"我们抢先了，走在了前头。"

他说的没错。

从我亲身体验到的、看到的和听到的来看，陈维国所说无疑是比较中肯的。在我走访过的人中，之前很少有懂农业技术的，特别是年轻人，有的甚至从来没有与农业打过交道，想都没想过要留在乡村以农业为职业。还有像权家成这样的人，很长一段时间并不是农民，哪里懂啥技术，是"五老"志愿者的培训和实地指导，让他们学到了一技之长，发现农村真的大有可为，留了下来。比如种植真龙柚的康一可，在获得收获后说："参加培训前不懂技术，只晓得埋头苦干。培训后请了专家指导，开展肥水管理、病虫防治、修枝整形、人工异花授粉，真龙柚个头变大了，品质变好了，产业规模扩大了 10 倍，产量增加了 40 倍，经济效益提高了 40 倍。"又比如大学生袁海通、倪小成，通过县"五老"志愿者服务队的专业培训和指导帮助，带动村民种植荔枝致富，搭建电商平台，首创"果权量化入股，销售收入分红"的模式，将农户分散的果树和经营权集中在一起，实现对果园的统一管理，带动一方果农收入成倍增长。

第二周的星期三，关工委召开"五老"志愿者会议，对职业农民培训作阶段性总结。陈维国引用习近平总书记的话："人民对美好生活的向往，就是我们的奋斗目标。"他说："我们为农村培养留得住、懂技术、善经营的现代职业农民，正是奔这一目标而去。目前农村中，中青年人普遍外出打工，极度缺乏懂技术、善经营的新型农民，不少地方出现土地撂荒现象。随着土地流转加速，新型职业农民是农业发展的一个必然方向，国家在这个方向正加大投入力度。《关于加快构建政策体系培育新型农业经营主体的意见》中有这样一段话：到2020年，基本形成与世界贸易组织规则相衔接、与国家财力增长相适应的投入稳定增长机制和政策落实与绩效评估机制，构建框架完整、措施精准、机制有效的政策支持体系，不断提升新型农业经营主体适应市场能力和带动农民增收致富能力，进一步提高农业质量效益，促进现代农业发展。这是我们'五老'志愿者今后的一个方向。"

从他释放的信息中，我感受到了合江县"五老"志愿者对农村发展的呕心沥血，对农民富裕的助力，对国家命运的担当。一大批新型职业农民从这里崛起，就是最好的注释。

立冬过后，我想看看新型职业农民冬天在做什么，趁去望龙镇，顺便给康一可打电话，问他在干什么。电话里传来嘈杂的声音，他说正在整地做苗圃。我赶过去，他一见到我就呵呵地笑，一副开心的样子，说"柚子摘了，人就轻松了，今年多整点苗，好多人要呢"。

地里，六七个人在碎土。

他陪着我转了转，我们站在一棵很老的桂圆树下道别。桂圆树的叶子呈现两种反差很大的颜色，墨绿的是老叶子，闪闪发亮的是新叶。两种颜色在阳光下好像新旧两代农民在对话。康一可说："明年秋天，柚子成熟时，你再来。"

我说："一定再来。"

第三章 护 苗

一

昨天晚上，黄元圆几乎一夜没睡。风好大，呜呜声直追哗哗声，一阵一阵地，睡在床上也能感觉屋顶颤抖得厉害。他蜷缩着身子，用被子盖住头，任凭风雨摧打破屋，心里，盼着天快点亮。

这样的日子已经几年了，黄元圆渴望摆脱这样的窘境，但他不知道要等到何年何月，或许明天，或许一辈子。

记忆里，父亲是什么样子，母爱有多温暖，全没了印象。每天上学，别人有爸爸妈妈接送，他却只能一个人孤独去来。每每这个时候，他心里就会升起一丝嫉妒、一种自卑。为什么会这样？为什么是这样？他千百遍地问过："爸爸去哪儿了？妈妈长什么样？"他问奶奶，可是，奶奶回答不了他。

黄元圆住的地方是合江县白鹿镇江合村 5 社。他还在襁褓中，母亲就因与父亲性格不合离开了。4 岁的时候，父亲又因卷入杀人案，被判了无期徒刑。他成了孤儿。幸而，他还有

奶奶，但奶奶已经快 70 岁了。

事实上，奶奶不是亲奶奶，却又是亲奶奶。

黄元圆的爸爸打小就抱养给了别人，养父是一辈子单身的亲叔叔。单身汉突然间有了个儿子，还是自己的亲侄子，自然疼爱。没想到疼爱变成了溺爱，要星星给星星，要月亮给月亮，以致疏于管教，养成了黄元圆爸爸的骄横脾气，出事是早晚的事。

爸爸出事的第二年，爷爷也死了，年仅 5 岁的黄元圆，连饭都不会做，只得回到亲奶奶这儿，由奶奶抚养。日子虽然没有一个人时艰难，但也说不上好多少。

好运始于 2015 年。那年，他 9 岁。虽然几年过去了，但那天清晰的影像还在他脑子里。

那天，正要上课，老师把他喊出教室说："有爷爷来看你。"把他领到了陈维国跟前。

一个黑不溜秋的小孩，穿着一件脏兮兮的破衣服、一条长出一截的裤子，怯怯的眼神里透出一丝不安和惊诧。陈维国核实了他的名字，简单问了几句，他一问一答，不多说半个字。陈维国拿出一套新衣服、一个新书包和几本书，交到他手上，嘱咐他好好学习。他答应着，带着喜悦上课去了。

我见到黄元圆是第二年的农历九月二十九日，他 10 岁生日。陈维国带着 10 个县关工委"五老"志愿者，去给他过生日。

早上，太阳还没出来，我们就出发了。人多，分乘两辆车，到的时候，房前还有丝丝薄雾。之所以去得这么早，是因为还有一项活动——给黄元圆种地。

头一天，老师把黄元圆叫到办公室跟他说："明天放你一天假，你们村的支书打电话来说城里的爷爷们要来看你，叫你在家等着。"

黄元圆很奇怪，这个时候这个季节城里的爷爷们来做啥呢？不过他还真想在家待上一两天。学校周围的人已经在播种麦子，自己地里的红苕也该挖了，也该种麦子了。可是回去待一天又怎样呢？自己没种地那个能耐。再说了，自己也没单独一个人播种过麦子，弄不来。不过，黄元圆心里还是高兴，毕竟，有爷爷大老远来看自己。

第二天，黄元圆早早起了床等着。奶奶说："今天你生日，中午奶奶给你煮个蛋。"

"城里爷爷们要来。"他跟奶奶说。

"知道，昨天村主任给我打电话了。你在家等着吧，奶奶一会儿还要去地里。城里爷爷们来过好几回了，他们不吃饭就要走的。"奶奶这样吩咐黄元圆。

听见汽车声响，黄元圆赶快从屋里跑出来。

陈维国第一个下车，看见黄元圆立在坝子边等着，便迎着他走过去，脸上笑容十分温暖。"小孩子也能起这么早，不错。"边走，边送去一句表扬。

黄元圆一脸灿烂，迎着爷爷们走过来。

陈维国拉着黄元圆的手，问他生活怎样，在学校习惯不习惯，学习怎样，听得懂老师讲课不，然后带着歉意对他说："很对不起，县里有 10 来位爷爷听说了你的情况，很关心，今天相约来给你挖红苕、播种麦子。所以让你在家，耽搁你没

有？"接着示意安小琴送过蛋糕。"听说今天你满10岁了，安阿姨和爷爷们给你买了蛋糕，特意来给你过生日，顺便把你地里的红苕给挖了，麦子种下去。"陈维国继续说。

黄元圆看一眼陈维国和其他爷爷们手中的锄头，和一个个脱掉鞋袜的光脚板，还真是下地干活的打扮，感激中露出挂不住的惊喜。

安小琴进屋放好蛋糕出来，拉过黄元圆，把我们一群人一个一个介绍给他认识。安小琴时任关工委办公室主任，负责联络工作，跟黄元圆很熟了。

"爷爷好。"黄元圆笑着，甜甜地一个一个跟我们打招呼，但那笑有些茫然。或许，他想不明白，这些爷爷们住在城里怎么会知道他的生日、他的事，这么热心来帮助他。此刻，他或许正下意识地想到自己的爷爷，想着要是爷爷还在该多好。不记事时亲爷爷就死了，差不多是没见过，刚记事，爷爷（父亲的养父）又死了。今天却突然来了这么多从没见过面不认识的爷爷，他当然很高兴。

"我们去地里吧。"陈维国说。

我们一人一顶草帽、一把锄头，往黄元圆地头走。黄元圆跟在后面。

顺着斜坡走过去，不一会儿就到地里了。十多个人散开，地头立刻花花绿绿。有的割红苕藤，有的挖红苕：一群人跳进地里就干。脱下来的衣服堆在地边。起起伏伏的，是一个个白晃晃或花白相间的头。我也三两下脱掉外衣，甩开了膀子。黄元圆立在地边愣了一会儿，像是突然明白了什么，拿起镰刀帮着割红苕藤。陈维国立起来朝他莞尔一笑，然后继续干活。我们中每一个人的年龄都超过了 60 岁。或许，这样一群爷爷辈的人帮着干活，黄元圆太感动，怯生生地说了句"谢谢爷爷们"，也不管我们听没听到，蹲在地里继续挥舞镰刀。

其实，那块地不错，出庄稼，红苕个不大，结得却多，不大工夫就挖了好大一堆。我们有些累了，有人放下手中的活开始抽烟。这种中途休息川南这地方叫"幺台"。按照规矩，乡下请人干活，幺台是要"打中伙"的，就是吃东西，最典型的是打谷子时节的黄粑绿豆汤，一般时节则是时令小吃。这种习俗一直流传，至今仍保留着。黄元圆看见过邻居家请人干活，知道接下来该做啥，看见爷爷们停下活儿抽烟，立刻涨红脸急搓手。

他一个娃娃，连家都没有，哪来这么些东西呢？其实他多想爷爷们抽支烟就接着干活啊，这样就免除了他的尴尬。谁料陈维国发话说："大家累了，歇会儿再干吧。"真是担心啥就偏来啥。看着地头抽烟的一个个老爷爷，黄元圆傻愣愣地立在地里，不知干啥好。或许是看到了黄元圆的尴尬，刘成云走过去，站到他身边，躬身拉着他，跟他聊家常，问他读几年级、生活怎么样。问一句，黄元圆答一句，显得机械木讷，一点也没有了开初的活泼机敏。刘成云说了几句鼓励的话，看时间差不多了，又重新拿起了锄头，那劲头，并不比年轻人差。

10 点半时，脸颊被太阳烤得热辣辣的，但重新干活的时候大家心情极好，谁也不知道为什么会有这样的好心情。我极力让自己平静，可是笑意还是藏不住写在了脸上。我说不清自己为什么高兴，或许是因为很久没做这样的劳动，一时的冲动，也或许是帮助了一个应该帮助的小孩，完成了一份初心，让一

颗孤独的童心感受到了一股来自人间的温暖，一种有了依靠的感觉吧。当然，黄元圆是特别幸运的，原本像是一枚随风飘荡的蒲公英，迷迷糊糊被刮落在地，却不曾想竟是发芽的温床。

时间过得飞快，一会儿就到中午了。黄元圆似乎突然想起什么，一时着急得要命，急红了的双眼里，泪水在打转。他站起来搓掉手上的泥巴，拔腿就往家里跑。

"黄元圆怎么啦？"刘成云不明就里，喊了两声，见喊不停，放下活儿就追过去。陈维国说："是不是回去做饭？喊他不要整，我们一会儿就走。"

很快，刘成云就追上黄元圆，问他跑回去做什么，黄元圆说搞忘了做午饭。"爷爷们大老远从城里来，多不容易呀，我真是傻。"他说。刘成云说"爷爷们一会儿就走，不在这里吃饭"。

"怎么行呢？爷爷们干了半天活儿，肯定饿了。"黄元圆坚持往回走，接着又补一句："说不定奶奶已经在煮饭了呢。"

这句话提醒了刘成云，没有再叫住黄元圆，而是跟去了他家里。果然，黄元圆奶奶正忙。甑子里蒸着饭，锅里煮着腊肉，菜板上堆着没切完的菜。腊肉，正是乡下待客的招牌菜。

刘成云的第一反应是："遭了，莫非有客？"不过刘成云还是问了一句。黄元圆奶奶说："是有客呀，你们大老远来，帮元圆挖红苕、播麦子，饭得吃一顿啊。"原来，快到中午的时候，黄元圆奶奶从山上回来，顺道去地里看了一下，见活儿还多，看样子上午干不完，这才回家煮的午饭。

黄元圆奶奶的回答更让刘成云着急，赶忙说："黄奶奶别忙了，我们一会儿就走，不在你这里吃饭。"

"怎么行呢？饭都煮熟了，你们走了，我们两婆孙好些天都吃不完，要倒掉的，无论如何你们得吃午饭。再说了，现在都晌午了，活儿也干不完。"黄元圆奶奶说。刘成云想了想，有了主意，同意了吃午饭。

回到地头，刘成云把情况跟陈维国说了，陈维国说："一会儿每个人按 30 元给钱嘛，反正回去还不是要吃饭的。"刘成云说："我就是这个意思。"

奶奶与刘成云的对话让黄元圆心中悬着的石头落下了。或许是心中高兴，平时不大容易激动的黄元圆，这回竟含着眼泪跟着刘成云回到地里。中午收工的时候，看他落在后面，我走近故意问他先前为啥哭了。他很有些不好意思，先是极力否认，后来我问急了，他才小声说，一群素不相识的爷爷，不曾得到自己一星半点的回报，真心实意地帮助他，他是被彻彻底底感动了。"我像在极冷的冬天里突然被太阳温暖，无法形容心情的愉悦和激动。"我很惊讶，一个小学生居然能说出诗一般的语言。他说知道此时说什么感谢的话都很苍白，所以只好埋头干活。

中午，安小琴把蛋糕摆在桌上，插上小蜡烛，点燃，然后叫黄元圆闭上眼睛许愿，10 多个人齐齐地唱起《祝你生日快乐》，虽然好几个人五音不全，可音符里送出的却是真诚的祝福，让黄元圆眼眶里再次闪动着泪花。

午饭后，"五老"志愿者们接着把挖好的土刨平，种上小麦。黄元圆当然不会，我们又特意让他跟着，教他怎样平土、打窝，告诉他窝距尺寸、行与行的距离、一窝需要几粒麦种。我们的

用心很明白，就是让他学会生活的本领。黄元圆挨近我悄悄说：
"胡爷爷，你们真好。"我说："你好好学习吧，我们都希望
你快快成长，做一个有益社会的人。"他"嗯嗯"地答应着，
一边认真学，一边很自然地和我们亲近。我突然感觉与他之间
有了一种亲情，有了一种难以割舍的情意。

等到活全部干完，"五老"志愿者们才回城。临走，陈
维国把黄元圆喊到跟前，叫他别担心，挖回来的红苕过几天找
人来拉，卖了再把钱给他。黄元圆"嗯嗯"地答应着，眼眶红了。

第二次去黄元圆那儿，是为他修房子的事。

黄元圆那两间房子，早就破败得不能住人。住到奶奶家后，
上边的房子缺了人气，没有人维修，坏得更快。黄元圆奶奶住
在小儿子家中，自己并没有房子，黄元圆日渐长大，需要有自
己的住房。得知精准扶贫有个危房改造的异地搬迁项目，陈维
国和刘成云赶紧跟村里联系，落实了黄元圆的住房改造。我们
去把这个消息告诉他，说钱已经落实时，他突然眼一热，泪水
盈满眼眶。

我们去是帮他选址，看看修在哪儿合适。

黄元圆年龄还小，修远了单家独户的，奶奶照顾不方便。
我们建议修在他叔叔房子侧边。跟黄元圆商量的时候，他有些
犹豫，那样子是希望有一个更好的地方。我们就带着他在周边
选，转了好一阵，看了三个地方，但都不是很合适。有一块地
倒是很不错，前边一口鱼塘，背后是我们站着的地方——一个
土坡。紧贴鱼塘是梯田，再远就是重叠的山。当地人说：门前
有水有山就是好风水。或许黄元圆也听说过什么，到了那块地
脚就走不动了。不过我们问了一下情况后，就迅速否决了。因

为那块地牵涉了三家人，而且是不同的两个社，一是地不好调整，二是离他奶奶家太远，不方便奶奶照顾。最后他还是同意了我们的建议，修在叔叔家的侧边。

黄元圆家离白鹿镇很远，离县城更远，去来一趟很不方便，离他上学的学校也不近，没人照顾真的不行。房子的事落实了，我们也了却了一桩心事，免除了一天到晚的牵肠挂肚。

过了几个月，安小琴说黄元圆的房子修好了，只是坝子没铺水泥，一下雨就积水，稀泥烂窖的，没法行走。陈维国说："选个好天气，先给他弄一下。"于是，我们第三次去了黄元圆那里。这次去了七八个人，给他填坝子。

在晨光下的袅袅薄雾中走下汽车，整个山野散发出来的清新让我们兴奋不已。随着初阳的冉冉升起，依稀闻到阳光、坡地、庄稼和树林混合的香味。没等站稳，一辆拉沙的货车就隆隆地开过来，掀起车斗，把满满的一车沙倒在了坝子里。

刚下过雨的晴天，坝子里果真积满了水，很泥泞。"光有沙肯定不行。"我在心里说。就在我疑惑的当口，有一辆货车开来，哗啦一声倒下一车砖来。

我观察了一下，房子的正房到厨房，中间隔墙没有门，进出厨房得从坝子里经过，虽然距离不远，也就十来步，但是哪怕贴着墙根走也要湿鞋。何况很快进入冬天，雨多湿冷，坝子肯定泥泞湿滑，不把水坑填平，进出的确是个很恼人的问题。我不得不佩服安小琴观察得细致，想得周到。

"怎么不用混凝土铺了呢？"我问了一句。

"钱用完了，坝子暂时打不了，等过一段时间看，整点钱给他打成水泥的。"陈维国说。

"干活吧。"刘成云性子急，等不得，巴不得把活儿干完早点回去，家里下午还有任务——接孙子放学。

于是大家散开，拿起工具就干。我们把人分成两组：一组铲沙运沙，把沙铺在地面推平；另一组搬砖，先把倒在坝子边上的砖搬到靠墙根的地方，用起来顺手。准备工作差不多了，进入铺砖的程序，没有石工、泥工的专用工具，我们用锄头和铁铲。那玩意用起来的确差劲，刘成云跑到黄元圆奶奶的厨房里找到一把砍柴刀，用来当砖刀，一下方便多了，速度也加快了不少。七八个人个个忙碌，没有人偷闲，阳光映照着一张张苍老的脸。

此时，黄元圆奶奶站在自家的门口，沉默了好一阵，或许是被场景感动，冲我们后背说："你们想得太周到了，这点小事也来给做了，谢谢你们。元圆回来我得好好跟他说说。"然后走到陈维国跟前说："老县长哪，你年纪大了，先歇歇吧，让他们做。"陈维国直起腰来莞尔一笑说："忙你的吧，我们一会儿就完了，我不碍事的。"

黄元圆奶奶看说不动陈维国，站立片刻，突然想到什么，迈着碎步回自己屋里去了。一会儿，端出冒着热气的茶来。

不多时我们就汗如雨下，脱下的外衣堆在两条小板凳上，让日光"消毒"。黄元圆奶奶将茶放在一条板凳上，立在旁边静静地看，面部表情随路面的铺平在微妙地变化。抑或是感动吧！十多年了，小儿子举家在外，她都一个人生活，乡里乡邻虽也相互帮衬，但毕竟有限，有谁会这样不吃饭不要钱来帮忙干这样的活儿呢？一捧沙，一块砖，都是力气活，乡下请人就是上百元钱一天，还得吃三顿饭，好酒好肉招待。而这一群都上了年纪的人，却为这么点小事大老远专门从城里跑来，干得那么投入、那么欢快，情感，便波浪般写在了脸上。

这个上午，直到我们把活儿干完，黄元圆奶奶都没离开，原本满是皱纹的脸，像舞台表演前上了妆，平整而亮丽。我们收拾工具的时候，她还在新铺的地砖上踩了踩。

惊蛰过后，新冠肺炎疫情被遏制，刚可以出行，陈维国便带着我和新来的办公室主任金玉，专程去看黄元圆。陈维国说看看黄元圆疫情期间过得怎样，活蹦乱跳的年龄，被关在家里肯定不习惯，不知跑出去没有。我们到的时候，他在家窝着，奶奶说一直没出去。14岁的黄元圆已经长成了半大小伙子，在白鹿中学读初一了。见到我们他很高兴，不过还是有些腼腆，不好意思打招呼，只是扭捏地笑。看到他很健康，也自律，陈维国露出少有的笑意。

我在屋里转了转，发现厨房的四方桌上，扣着昨天吃剩的肉。看样子，生活改善了不少。

我问黄元圆现在过得怎样、上学有钱吃饭没有，他说有钱。"陈爷爷联系的基金会每年给2300元，前几天金阿姨又送了我500元。"他说。

"这个基金会每年扶助45名贫困儿童。2018年联系过来的。"陈维国补充说。

天阴沉沉的，但屋子里却很阳光，唯一看到黄元圆不高兴的时候是看到我们要离开。他叫奶奶弄午饭，要我们吃过饭才走。但我们另外有事，即便没事，也不会在贫困户家吃饭，所以大约半小时后就离开了。

"好好学习，学好知识才能脱离贫困，将来才能报答社

会。"临走，陈维国再次鼓励他。

看陈维国走在前头的背影，健步中透出藏不住的矍铄，我突然心生感慨。生命，是不是在付出中才能获得力量呢？他的剪影，让我记起早前去五通小学的情景来。

其实那是一次普通的回访，但同样让我记忆深刻。那天，我们到校时，学生正在上课。

我们只好等着。

一直等到下课，陈维国才走出学校办公室，喊校长把学生招拢来。

这地方他已经好久没来了。现在的交通虽然发达，下来一趟很方便，但因为忙，这儿又偏远，没有特别的事，还真是没人愿意来。

赶个周一，一大早起来，喝了一碗粥，吃了个煮鸡蛋，然后拎着包就要出门。"又要下乡？"看他匆匆忙忙的，老伴赖生友白他一眼，不等回答，又叮嘱一句："悠着点，别把自个儿身子弄坏了。"他"嗯"一声，算是回应。这样的唠叨，他已经听惯了，所以一笑置之。跨出门的时候，赖生友又冲他后背来了一句："总有一天跑不动。"他装作没听见，自个儿出来了。

事是上周五就定下来了的，今天来这五通小学回访几个苗族贫困学生。他一向从容，即使今天也不着急。况且昨天下午他就让办公室跟校长联系了，说好今天要来的，叫先通知那几个学生。

在他当县长的时候，常来这边。一晃退休十六七年了，随年龄增长，腿脚也大不如前，来得就稀疏了。刚到的时候，校长到门口接，看到他下车，赶上前伸手要扶，他笑着说一声"谢谢"，紧接着补一句"走得动，没事"，弄得校长有些不好意思。

"学生呢？"走进办公室，陈维国就问。

"正在上课。"校长说。

"那就下了课再说吧。"

于是校长就陪着先看看校园，一边走一边讲学校近年的发展，拣好的说了一大堆，然后说到学生，困难就来了。五通镇是合江县一个边远的苗族乡镇。既然边远，经济就相对差些，贫困户就多，孩子读书面对的问题就大。比如三年级一班的游凤，才读中年级，家里就喊吃不消了。虽然不交学杂费，但是书本费要交，家里人要接送，孩子要穿衣吃饭。

"对特别困难的孩子，大家想想办法吧，尽可能帮一点。"陈维国说。他当然不只是说说，县关工委每年通过各种方式帮扶上千贫困儿童，可不是单凭嘴上说说就能了事的。

"还是回办公室等吧。"走过一圈，陈维国估摸着要下课了，提议说。

回到办公室，还没坐下来喝口茶，下课的钟声就响了。陈维国走出来时，学生已经整齐地站在了办公室前，10个人，一个不缺。

今天来，除了回访，顺便也送一点温暖。

一声"陈爷爷好"，整齐地从10张小嘴里蹦出来，把陈维国的眼眶湿润了。他走过去，一个一个拉起他们的小手，放到自己的掌心里，温热半天才慢慢放下。关心这些孩子，他其

至胜过关心自己的孙子。他有一个孙子、一个孙女，孙子17岁，孙女6岁。按理，他应该像大多数上年纪的人那样，花时间照顾孙儿孙女，可他却把大部分时间花在了贫困孩子身上。连接送上学，大多都是孙儿孙女的外公外婆。这一声问好，他值！

陈维国把信封放到孩子们手上，看后面的孩子伸长脖子往前看，笑着打趣说："一个人两百，每个人都有。"

孩子们高兴，陈维国也高兴。临走，孩子们的声音还从后面飘来。

"上车了，还愣着干啥？"司机老曾一声催促，才把我从沉思中拉回来。

车开动时，天空放晴了。

二

一条乡村水泥道，弯弯绕绕地伸到了苟瑶婷的家。眼前是一溜长石滩，田和房舍都搁在长石滩上。水泥路的两边，紧挨着几栋房舍，右手边一栋房屋的屋檐下站着两个人，抵近了才看见是苟瑶婷和爷爷。听见汽车声，他们跑出来迎接了。

电话是金玉昨天打给她的，说疫情快结束了，她也马上要返校，刘爷爷大半年没见着她了，要去看看她。事实上，这是我们一个不成文的规矩：回访扶助对象。

很朴素的一个姑娘，一双大眼睛扑闪扑闪的，放着光。"丑小鸭长成白天鹅了。"刘成云说了一句玩笑话。苟瑶婷立刻脸颊绯红，显出不好意思。顿了一下才反应过来，说谢谢刘爷爷夸赞。

　　笑语中，爷孙俩领着我们进屋。

　　单体"一"字形的小楼房，堂屋里阳光充盈。我们在一张条桌前坐下，苟瑶婷张罗着倒茶，她爷爷开初立在旁边，有些踟蹰，刘成云一再请他坐，他才挨着孙女坐下来。对面的房舍也很清静，看不到人。春光正好，原本最忙碌的时光，仿佛一下子变慢了，只有门前树上的鸟声、屋里的人声和走动的脚步声。

　　苟瑶婷的家是白沙镇灵丹村14社，离长江不远，天日晴好，站在高的山顶就能望见长江，听到长江河里行船的笛鸣声。长石滩上，一溜的黑油沙地，肥沃，出庄稼，这个社的人们大多富裕。我打量了一下迎着我们的这栋楼房，三层小楼，装修华丽，房间里带有卫生间，还有抽水马桶，一点也不比城里的房子差。苟瑶婷说，这是她叔叔的房子，她假期回来没地方住，就住在叔叔家，自己家的房子在隔壁。原来是这样。我说想先看看她的家，站起来往外走，她显出不好意思，但也站起来走在前面带路。边走她边说自己还有一个姐姐，叫苟瑶琴，两姐妹长期没在家，屋子没人住，就没收拾。我明白了她不好意思的原因。

　　三间砖混平房，从样子看有些年头了。她爷爷跟在后面，看我有疑问，解释说房子是苟瑶婷爸爸修的，当时也算富裕人家，要是她爸爸在的话，两姐妹过得应该也不差。

　　进屋，里边堆满柴垛，屋顶挂满蜘蛛网，墙壁没有上灰浆，红色的砖块全裸露着，有些地方已经损坏。看样子，除了抱柴烧，屋子平时没人进出。"当年要装修的，她爸爸走了，家也

散了，就丢下了。"还是苟瑶婷的爷爷在说。年近80的老人，眼里闪动着泪花。

回到苟瑶婷叔叔家，重新坐下来，拾起丢掉的话题。

苟瑶婷爷爷说，苟瑶婷爸爸在她一岁半的时候就患癌去世了。那时她们两姐妹都小，姐姐苟瑶琴也不到3岁。家里的顶梁柱塌了，断了收入来源。妈妈是古蔺人，还很年轻，回古蔺后不久也改嫁了。由于两边的家都困难，承担不起增加两个幼童的负担，就把她两姐妹分开了。姐姐苟瑶琴由妈妈带回去，交给了外公外婆抚养；妹妹苟瑶婷就跟着爷爷，由爷爷带着。分开那天，下着小雨。临走，姐妹俩撕心裂肺地哭。妈妈泪如雨下，不敢再看一眼伸着小手要妈妈的苟瑶婷，抱起姐姐苟瑶琴，逃跑似的哭着离开了。

苟瑶婷静静地听着，眼里滚动着泪珠。

苟瑶婷爷爷说，开初那几年自己还能下地干活，有时也就近打点零工，日子勉强能过。越往后年纪越来越大，就不行了，干不动了。

屋子里鸦雀无声。春天里萌动的活跃，被那低沉而沙哑的声音压得沉闷，每个人的眼眶里都有些潮湿。刘成云突然一声咳嗽，充满阴霾的气氛才渐渐消散。

"谈谈你吧。"我是真想听听关于她的故事，所以冲苟瑶婷说。

苟瑶婷顿了顿问我："从哪儿说起呢？"

"就从你记事开始吧。"我说。

这是春分前一天，清风徐徐，杨柳绿意盎然，散落在田间的农舍彰显着农耕文化的气息。坐在这农舍中，静静地听门外春花的绽放声、百鸟聚集的争鸣声，有一种说不出的惬意，和亲临世外桃源的浪漫。

苟瑶婷语调平缓，声音轻轻的，如地边的溪流，涓涓而来。或许是经受了太多的磨难，心中的那份疼，早已经平复；又或是获得过太多爱意，生活中的不幸，早已被众多的爱融化为暖流。

苟瑶婷说她今年 21 岁了，在沈阳大学读二年级，学的是汉语言文学专业，现在边上学边打工，钱实在不够就问姐姐要一点。姐姐在读大四，师范专业，报的是定向生，学费国家包了，境况好一点，今年毕业了，工作后就会更好一些。现在，姐妹俩相互接济，帮衬着度过这段艰难的日子。能走到今天，已经很满意，多亏了一众好心人的帮助和国家的政策扶持。

她说最难熬的不是现在，在最迷茫最无助的时候，是刘成云爷爷和众多的有心人及时帮助，她才走出了困境，重新拾起了希望。

苟瑶婷是我这几年见过的年龄最大的扶助对象。大学生，说出的话有条理。我突然想起前年在县关工委办公室看到她写的感谢信："尊敬的关工委爷爷奶奶、叔叔阿姨们，在我最无助、面临继续上学还是放弃学业的艰难选择的时候，是你们的资助让我得以继续学习，请允许我向实施智力扶贫工程，助我上学，圆我梦想的你们表示真诚的感谢……"从她的叙述中，她成长的线索在我脑中逐渐清晰。

小时候，苟瑶婷没上过幼儿园。家里条件差，镇上幼儿园太远，爷爷没钱也没时间送她上学。长时间里，只能跟着爷

爷牙牙学语，在地边摸爬滚打。长到 6 岁，该上小学了，看到别的孩子背着书包蹦蹦跳跳往学校走，心里也萌生了上学的渴望。"爷爷，我要上学。"她大着胆子对爷爷说。"娃呀，走吧，爷爷送你上学。爷爷没多大能耐，只能尽力，你好好读吧，咱能读多少算多少。"爷爷抚摸着她的头，眼里满是愁云，而后牵着她到了附近的小学。

或许，伤感的往事触碰到了爷爷的痛处，他站起来，背过身，抬手擦擦眼，往屋外去了。

苟瑶婷看了看爷爷蹒跚的脚步，锁紧眉头，停顿了一下，端起茶杯喝口水，缓解一下情绪，才又继续。

娃娃小，却也好面子。家里穷，她一直没好意思说。每每同学晒新衣服、新玩具，她就找个理由远远地躲开。有同学问，她"哦哦"地答应着，顾左右而言他。直到中学，艰难的困境才被发现。

小学毕业时，她有两个选择，一是读白沙中学，另一个是就近读焦滩中学。白沙中学是一所高完中，教学资源好，师资力量厚，学生能学到的知识当然要多。但是，白沙中学离家远，费用高，家里负担不起。爷爷比较后说："娃呀，认命吧，咱没有钱，就读焦滩中学吧。"于是，她进了焦滩中学读初中。

中学的费用比起小学来多了不少，比如住宿费、伙食费等，尽管她和爷爷千节约万节省，困难还是早早来了。仅仅一年的中学生活，爷爷就扛不住了，三元两元都给了苟瑶婷，但还是难以为继。初二的时候，刚进校不久，苟瑶婷就没钱了。中午，同学们都去食堂吃饭，她没钱买饭买菜，只好买了两个冷馒头，一个人悄悄躲进教室里就着开水吃。数学老师何莘芳来教室查看，发现她一个人坐在教室里，感到很奇怪，问她怎么不去吃饭，她不好意思说没钱，吱吱呜呜地说一会儿就去。何老师觉得不对劲，径直走过去，看到她啃的冷馒头，一下什么都明白了。何老师心一酸，泪水从眼眶里滚落出来。

她不再吱声，也不再说话，低下头默默地看着地板。

何老师轻轻说一声"走，去食堂"，拉上她去了饭堂，买了饭菜。第二天，何老师联系了在县城工作的同学，找了一家基金会，每月资助她 280 元的生活费。这样，她好歹读完了初中。

读高中时，她面临第二次选择。由于刻苦努力，初中成绩一直不错，本可以进合江中学。中考的时候，她咨询过老师，老师根据她的实际情况，建议她还是读白沙中学，因为合江中学在县城里，是省重点中学，费用要高很多。即便是读白沙中学，根据她的情况，也不一定能承受。她听从了老师的建议，进了白沙中学读高中。

果然，老师不幸言中。一年后，她刚进入高二，爷爷就拖不动了。基金会每月 300 元已经杯水车薪，救不了她。看到爷爷整天忙碌，为筹一元两元到处奔波，满是皱纹的脸上因筹不到钱而堆满愁容，她犹豫了。还是不读书了吧，回去打工也行，能帮爷爷减轻点负担。她向老师说明情况，收拾书箱准备回家。学校得知情况后，想到县关工委有一个"朝阳工程"，合江县关工委几年前设立的，正是针对家庭特贫而成绩又较好的中学生的，于是跟刘成云联系。经实地了解，她完全符合条件，被纳入了资助对象，获得了 1500 元的扶持，直到高中毕业。

于身处绝处的人而言，这无疑就是初春的阳光。苟瑶婷犹如水中挣扎的人突然遇见一条小船，深受感动，才有了前面说到的那封感谢信，也激发了她发奋学习的热情。因为表现突出，2017年，她被评为"泸州市朝阳之星"，代表全市"朝阳之星"发言感恩，参加了四川省"朝阳之星"夏令营活动。

叙述到此，我眼前忽然浮现苟瑶婷和她爷爷当时的窘境，心里泛起一阵说不出的难受。要不是关工委有个"朝阳工程"，以及刘成云的及时出现，社会说不定又会多出一个贫困的人。

门外传过来几声鸟鸣。有身影门前一闪，过去了，手里拿着一把小葱，是苟瑶婷的婶婶。白沙镇"五老"志愿者任忠慧问忙啥，回答说煮豆花，一会儿在这里吃午饭。刘成云听了着急，赶紧叫金玉去打招呼，说我们不在这儿吃饭。苟瑶婷爷爷说："整都整起了，吃了饭再走。"不知几时，他又回到了我们坐的桌子前，没注意。

金玉去了一趟厨房，回来说确实煮饭了，但说清楚了，我们不在这里吃饭。刘成云放心下来，却急坏了苟瑶婷爷爷，站起来说："那怎么行呢，一定要吃了饭走。"我一时不知道帮哪一方好，便说"吃饭还早着呢，一会儿再说吧"。

苟瑶婷当然站在爷爷一方，刚说请我们吃过午饭再走，听我一句模棱两可的话，停止了劝说，喝口水，继续叙述自己的故事。

高考，因为发挥失常，只考了个二本，填报的学校又没对，名落孙山了。她不甘心这么窝在家里受穷，知道自己学到了些什么，所以有底气。她决定复读，一定要用知识改变命运。

已经在西华大学读免费师范专业的姐姐，听说妹妹落榜，立即联了当初自己高中读的古蔺中学，跟学校谈了妹妹的事，想让妹妹去那儿复读。古蔺中学答应减免部分学费。

其实苟瑶婷还是想在这边复读，可是苦于太困难，既然古蔺中学条件优惠，就去那儿吧。虽然离爷爷远点，好在时间不是很长。这件事就这样定下来了。

假期快要结束，新学期即将开学的时候，刘成云在追踪"朝阳工程"扶助学生升学情况时，知道了苟瑶婷的事，立即联系合江中学，给校长讲了这个学生的情况，希望能让她免费复读。听说是特困生，校长没有犹豫，回了一句"来就是"。刘成云放下电话，又赶快叫安小琴通知苟瑶婷，说学校联系好了，叫她进城里来。

苟瑶婷接到电话的时候，已经在去古蔺的车上了。安小琴说："刘主任给你联系好了合江中学，免去了你的学杂费、住宿费。"合江中学是苟瑶婷神往的学校，原本没抱半点希望能进去，听说如此敞开大门，给自己重塑自信的机会，她激动得半途下车赶回来。

刘成云亲自送她去报到，找到校长当面介绍情况，领着她办完入学手续。为了让她安心复读，免除后顾之忧，回到单位，刘成云又向关工委建议，把年满18岁就终止的"朝阳工程"条件改为再延续一年。考虑到她的实际情况，仅仅1500元显然不够一年的生活费，刘成云又与安小琴一道，联系了一位好心的企业家，资助了2000元的生活费，保证她的复读不再受困扰。

除了这些，当一年后苟瑶婷顺利考上沈阳大学时，刘成云又及时帮助她申请"栋梁工程"补助，使她得到了4000元的补贴，再帮她申请了8000元的大学生自助贷款，把她送进

大学校园。

或许是太感动，苟瑶婷眼眶里始终闪动着泪光，中途几次停顿，都以喝水掩饰。

抑或是她的苦令在场的所有人沉默。她叙述完了，屋里依然静静的，每个人都苦着脸。我感觉难受，站起来往外走，这才打破了沉寂。

早春的风，送着丝丝暖意，也给这农家小院送来了温馨。一道去的几个人都立起身来，苟瑶婷和爷爷极力挽留我们吃午饭，刘成云推说有事，下回再来。

走出门外，雨后的李子树泛着绿意。花开过后，枝上挂满青涩的小颗粒。看得出来，等到成熟的季节，将是一树硕果。

苟瑶婷爷爷追着我们，在车后挥着手。春风轻拂着他舒展开的眉，似乎在喊什么。

刘成云回头望了一眼，转过身就一直沉默着，似乎在思考什么。半晌，才扭头冲我说："明天去一趟鲤鱼村。"这时我才明白他刚才在想什么。

鲤鱼村是福宝镇的，2社有一个他结对扶贫的孩子，叫郑德杨，读小学五年级。去那里，肯定是看看那个孩子。

其实刘成云身体不好，也很忙。他女儿、女婿远在北京，外孙女生下来就交给他们老两口带。"活儿多，还责任大。"说到外孙女，他自我调侃。襁褓中换尿布，上幼儿园上小学要接要送，直到现在读小学六年级了，每天还要陪着出门，目送过了马路，才放心让孙女自己走。去年，他又患了脑梗，虽然不特别严重，但体力和精力都差了很多，好在热情没受影响。

第二天一早，他就让司机来接我。

一上车，话题就聊到孩子。他说外孙女前天早上洗手的时候觉得手背有些痛，他过去一看，外孙女的手背不晓得什么时候被碰破了，一碰水就疼得厉害。"小孩子就是不小心。"说话的时候他像是自己手背痛。"主要是当心破伤风什么的，这个接口上。"他说。

"着急要去鲤鱼村看看，有这一半的原因吧？"我把推测变成疑问，将他一下。

他笑笑，不置可否。

我知道，此时他内心的波澜定在翻腾。算算，从2007年进关工委做"五老"志愿者，已经13年了。大多时候如现在这样在乡下，采集了大量鲜活的事例、数据，先后撰写了《青少年犯罪情况调查》《县城中小学校园周边治安环境情况调查》《青少年健康成长情况调查》等10多篇调查报告，给政府部门提建议，改善青少年成长环境。心，差不多都用在了青少年身上。

"跟那个小娃娃联系了？"他不说话，我偏让他说，故意问他。

从县城去福宝40多公里，二级路，汽车跑不快，到鲤鱼村更远，要一个多小时。路上有话题，时间过得快些。

司机老曾也似乎想说话了，没等刘成云回我就抢着说了。"昨天就叫金主任通知了。"他说。

福宝是山区，春耕要迟一些，但秧子还是绿了，沿途到处是忙碌的人。到了镇上，我问要不要去政府打个招呼，刘成

云说不在场上耽搁，直接去鲤鱼村郑德杨的家里。于是老曾一脚油门，穿街过去了。

郑德杨在福宝镇的修筑小学读五年级，要是往常，只能在学校里找到他，今年学校没开学，所以，去他家无疑是正确的。

到了才知道，这山区比城里雅致多了。青山，绿树，独立的房舍。环境虽好，就是有一种不真实感，特别是那房子，分明就是摆在那儿的道具。我明白了，是破屋跟环境不协调。

"那是原来的老屋，现在没住了，搬到新房子里了，精准扶贫项目中的易地搬迁。"刘成云似乎知道很多，跟我解释。

"这段时间还好吗？没出去到处跑吧，憋得慌不慌？"见到郑德杨，刘成云问话里透出特别的关心。

郑德杨看着刘成云，本能地点了点头。

我往里走，没注意看脚下，踢在了走廊的梯坎上，一脚没踩稳，往前一扑，正好扑在小孩子的身上。他控制不住身体，跟着往前蹿，扑到墙上，额头蹭出了伤，幸好不重。

现在孩子金贵，要是在城里，爸爸妈妈看到孩子受伤会心疼死，说不定会记我一世仇。幸好在乡下，孩子野惯了，皮糙肉厚，一点小伤，大人没那么在意。即便这样，我心里仍叮咚一声，吓出了一头的汗。

刘成云赶快拉过他来，脸上泛起疼爱的表情，问："屋头有酒精没有？"

郑德杨摇头。我心里有歉意，却又暗笑。农村乡下，有几户人家里备有酒精，不是明知故问吗？

"弄点盐巴，倒点开水，调成食盐水洗一下，怕感染了。"刘成云接着说。

这话靠谱点。我进屋，找到盐巴罐，调好盐水端来，给郑德杨额头消毒，忙乱的场面这才稳定下来。

刘成云问了郑德杨近期的情况，跟家长交换了意见，然后拿出事先准备好的红包给郑德杨，说是给他买笔买书的。200元钱，不多，叫他用到学习上，不要乱花。

或许是不好意思，郑德杨眼睛看着地面，不住地点头。

"刘主任是特意来看你的，希望你好好学习。额头还痛不痛？今天对不起，让你受苦了。"我向孩子道歉，同时真诚地希望他好。

11点，邻家的房顶上冒出了炊烟。郑德杨的妈妈准备做午饭，刘成云赶忙阻止，我们不敢久待，迅速告辞出来。

山边，绿色已经长满，阳光洒在道路上，明晃晃地耀眼。通往镇上的路上，一串急匆匆的脚步，飞奔着来不及写完的故事。

闪亮的日子，无边的绿色，荡起春天的激流——

三

秋后，气温一天天转凉，到了晚上，太阳的温热下去，躺在床上就得盖被子了。余江感觉凉飕飕的，伸手拉一下，什么也没拉着，伸腿一蹬，也是空的，身上啥也没有，这才记起自己是睡在楼道里的。额上被叮得疼，伸手一拍，掌心有点黏

黏糊糊的，借着路灯一看，是血，打着了一个喝足自己血的蚊子。这样光着身子，下半夜更受不了。除了蚊子叮咬，重要的是冷。他爬起来，揉揉眼，想找点什么东西盖在身上，四处搜寻，什么也没有。

他不得不换个地方。

漫无目的，睡眼蒙眬，沿着新街走了好长一段路，他立在了一个垃圾桶前。不知谁家搬家，把垃圾倒在了这里。垃圾桶已经装满，四周散落着一地的废纸壳、泡沫包装，还有几张破报纸。他如获至宝，捡了几张纸壳、塑料泡沫和报纸，就近找了一个楼道，把纸壳铺上，塑料泡沫和报纸当被子，盖在身上，躺下去又呼呼大睡。

当太阳再次高高升起的时候，余江终于被造反的肚子弄醒。他睁开眼一骨碌坐起来，却看见跟前站着一个精瘦的小老头。"王爷爷。"一声惊呼后，头便低下了，两个脚丫交替摩擦。

"怎么又成这个样子了？"王志成惊诧的疑问声里，带着怜悯与疼爱。

王志成中断晨练，拉上余江赶紧往家走。这已经是他第二次碰到这娃娃睡在外面了。

到家后，他赶紧找出孙子穿的衣服，让余江洗个澡换上。余江从浴室出来，他已经端出一碗热气腾腾的麻辣面条，让余江趁热吃。被风吹了一晚上，他怕余江感冒，特意多放点辣椒。

等余江吃饱喝足，才带着他去找住处。

这样的日子，余江已经习以为常，记忆中就不曾有过家的温暖、父爱或是母爱。对于母亲，连半点印象也没有。偶或，奶奶愤怒，从她的咒骂声里，可以听到一些零碎的关于母亲的信息。

余江的家在九支镇盘龙山村5社，离场上十五六里。他还有一个姐姐，叫余芳，大余江两岁。两姐弟很小的时候，见到的就只是奶奶。

余江的爸爸妈妈是在广东打工时好上的，没办结婚证就生下了姐弟俩。生下余芳后，两人一起回来，一大家人挤在三间破屋里，生活了一段日子。停了工，家中经济就像断了水流的干溪，最后连买奶粉的钱都没有。面对如此窘迫的生活，余江妈妈难受，不愿一辈子过这种穷日子，生下余江后就和余江爸爸分开了。余芳和余江就留在老家，由奶奶抚养。

苦日子，从此就缠上了两个孩子。

两姐弟的爷爷死得早，他们生下来就没见过爷爷。奶奶年岁也大了，自己生活都成问题，还要带两个孩子，实在有点难为她。后来，奶奶改嫁，带上两个孩子去跟后爷爷生活了一段时间。很多时候，命运就像故意跟人为难。看似稳定的生活，却没过上几年，后爷爷就死了。这下，奶奶又失去了生活来源。不久，奶奶再次改嫁，搬到了九支场上。这回，这个后爷爷不愿她带两个孩子，奶奶只好把姐弟俩丢在老家。

那一年，余芳读五年级，余江读三年级，都在盘龙小学，离家十多里路。

王志成碰上他们的时候，正是姐弟俩最艰难的时候。那一年，王志成69岁。

据后来两姐弟说，因为没种庄稼，又没钱买粮，家里没有吃的，姐弟俩一天只吃一顿饭。早上，姐弟俩哪怕早早醒来，

也只能空着肚子在床上瞎想，等到时间差不多了，再洗个冷水脸，然后走十多里路去上学。等到中午的学生营养餐，再饱饱吃一顿。晚上回来，肚子早空了，却没东西可吃，望着屋顶等天黑，再上床睡觉。第二天醒来，再等着中午那顿午餐。有时候饿极了，就屋里屋外到处翻，希望能找到一丁点可吃的东西。那个时候，真希望天上能掉下馅饼来。幸好，就在那个时候，他们遇到了王爷爷。

当时，王志成是九支镇关工委执行主任，最基层的"五老"志愿者。遇到这样的事，他能忍心不管？此后，两姐弟的吃饭、上学，王志成便当作头等大事管了起来。这一管，就到现在。管了余江8年、余芳6年。

或许是怕奶奶听到伤心，余江说奶奶不是不管他们，是实在无能为力。他讲了一件事，意图证明奶奶是关心他们的。在老家的一天傍晚，奶奶回来了，先去沟底挑了半挑水，再到屋外抱进来一捆柴，然后洗锅、盛水，再从篮子里取出几个嫩玉米棒子，剥去壳放进锅里，生火。不一会儿，屋子里就飘起了浓浓的玉米香味。那时天已经黑下来，屋外的竹林开始沙沙地响。余江问奶奶："屋外有什么？听大人们说，天黑有鬼，是不是鬼呢？"奶奶说："是风吹，哪有什么鬼。有鬼也不怕，鬼怕光，怕人，有光亮和有人的地方，鬼早就吓跑了。"奶奶的话让他胆壮了一点，但还是怕。说话间玉米煮熟了，他和姐姐一阵虎啃。那一晚，他睡了一个好觉。

王志成问清楚了两姐弟的情况，摇了摇头，眼眶不自觉地湿润了。回到镇上，他找来两位熟识的企业人，跟他们摆余江、余芳姐弟的困境，两个企业人一人捐助了1000元。他马上买好米、油、菜，给姐弟俩背上山去。从那时起，他送米送油送菜，直到余芳小学毕业。怕钱给两小孩，被他们无计划地乱花了，他把钱扣在自己手上，计算着买来送去。每一笔每一分，都用笔记好，过一段时候再交两姐弟核算。

我第一次见到王志成是 3 年前，在九支镇的赤水河边，我们边走边聊。那年他 74 岁，住乡下，还下村社，像年轻人那样走村串户。

他说他清楚地记得，走进余江、余芳居住的黄泥小屋，第一次看到那么困苦的景象。破屋空房给了他很大震撼，要不是亲眼所见，万万不敢相信两小孩过着如此艰难的日子。虽然是个例，但轻而易举地就把一个初心向阳的老人俘虏了。如果是若干年后，尤其是在今天，这或许说不上什么壮举，只是一件平平常常的事，谁碰见了都会尽力去做。扶贫济困、脱贫攻坚，社会不同层次的人都在以不同的方式进行着。然而，一个70 多岁的老人能挺身而出扶幼苗，依然值得点赞。

从此，隔三岔五，从九支场到盘龙村 5 社的山道上，总能看到一位精瘦的老人背着米面油盐在蹒跚前行。

多少次，王志成都在思考：化缘救济，终究不是办法。姐弟俩有爸爸，而且正值壮年，在外打工一月能挣好几千元，怎能不负责任，不管孩子？这种行为本身就是犯罪。他以镇关工委的名义，找来团委、妇联、司法所，正式通知姐弟俩的爸爸回来，摆出法律条文，软的硬的都用上，硬是让姐弟俩的爸爸在保证书上签了字，答应每月汇 1500 元回来，作为姐弟俩的生活费。他赶紧给姐弟俩办了一张银行卡，让他们的爸爸按时把钱汇到卡上。费心办成的这件事，让他长长舒出一

口气。其实也只是暂时舒了一口气，事情没有这样完结。

自古以来，人们都疼爱自己的孩子。特别是现在，孩子都是宝贝。但是，也有例外。要不怎么说社会是万花筒，会有千奇百怪的事呢？或许，余江姐弟俩，就是这例外中的例外。两年后，余芳小学毕业，该升初中了。或许是山村里"女大嫁人，帮别人养"的思想作祟，爸爸不让女儿读书了。十二三岁的孩子，不读书能干啥？他再次把姐弟俩的爸爸叫回来，讲九年制义务教育，讲小孩子流入社会的危害。姐弟俩的爸爸不得已，勉强同意了，余芳才读上了初中。

即便就近入学，余芳也须去场上的九支中学，住校。姐姐走了，留下余江孤零零的一个人。那年，余江9岁。

突然间进入一个人的世界，可狂野，也孤独。放学回来，余江转着屋子东看西看，希望能找出点煮熟能吃的东西来。半晌，泄气地坐到门前，傻愣愣地朝门外望。黑夜来临，风呼啦啦地从沟里刮上来，竹枝把屋顶上的青瓦刷下，啪啦碎响，是不是鬼已经不重要，但那声响怪吓人的。他顾不得煮饭吃，赶快关上门蜷缩到床上。这日子……余江害怕。

第二天放学后，他不再早早回家，跟着同学到处玩。天黑了，就在人家屋角或走廊上睡一夜。叫花子似的生活，似乎就是他的全部。心想，不，应该是没有心想，这就是日子啊。年纪幼小的他，第二天睁开眼，依然重复着昨天的游戏，即便有人嘲笑，他也只当作耳边风。原本以为，日子，就这样浑浑噩噩过去了。

那天，王志成送米上山，碰上对面的邻居，邻居说这些天没看见娃儿回家。这可是大事。于是他赶紧去学校，余江在，这才放下心来。不过没回家去了哪儿得问清楚。同学争相跟他说了，王志成的心顿时像被捅了一刀，被钉着般的痛。

赶紧，王志成找到在镇政府做临时工的余江的叔叔，商量把余江接到场上来跟他一起住，顺便代管。余江的叔叔同意了。王志成又去把余江接来。

原本看起来是一件好事，可是第二天就出现了新问题。余江从家里去盘龙小学，也就十来里路，现在住场上了，得从九支镇去盘龙小学，虽然不走原路，但凭空多出了十余里，两相叠加，余江得走二十多里路上学。一去一回，四十多里，八九岁的孩子，要走三四个小时，天不亮就出发，天黑尽了还到不了家，这肯定不行。

看到余江每天两头黑，王志成的心总是像被人揪着似的疼。不得已，他厚着脸皮找到九支中心校，给校长说明余江的情况，想把余江转学过来，一是解决上学距离远的难题，另一方面，姐弟俩都在场上，可以有个照应。照顾贫困孩子，学校很爽快地答应了。王志成高兴得像个小孩，有些手足无措，赶紧跑去盘龙小学，跟学校衔接，把余江的学籍转了。

低着头跟着王爷爷来到新的学校，余江说不清楚是高兴还是困惑。平时难得来一回的九支场，这下天天走在街上，确实平添了一种兴奋与豪气。然而，苦恼并没有消失：陌生的地方，一个人的孤独，如影随形。陌生的环境，缺少温暖与交流，孩子容易患自闭症，当然不能让一个好端端的孩子成为病孩。星期天，王志成找到余芳说，弟弟转学到九支来了，对这地儿不熟悉，难免会孤独，让她星期六星期天多陪陪他。此后，余芳有空就过来，跟弟弟一起。有了姐姐的陪伴，余江对环境逐

渐熟络，笑容与开心重新写在脸上。

按说，余江余芳姐弟都有了稳定的生活环境，学习也步入了正轨，王志成可以松一口气，可以放心了。但其实不然，事还多着呢。

余江转学到九支中心校不到半年，叔叔就没在政府做临时工了，租的房子也退了。余江晚上找不到住处，又成了流浪儿，宿走廊，睡楼道。

王志成是三天后才知道的。碰到余江那一瞬间，他的笑就没有了。没有什么比一个孩子居无定所的问题更重要了。所以，他顾不得跟老伴商量，也没征求老伴同意，自己做了一个决定：把刚领到钥匙的房子打扫出来。新房子没装修，啥都没有，他赶紧把天然气、水、电接通，买好米、油、盐，让余江住了进去。

余江的日子又恢复了正常：白天上学，晚上看书，生活有了规律。

我是三年前去九支镇，在江边的小茶楼里见到的余江，王志成叫来的。那时他刚好读完小学，下半年读初中。小小年纪，说起自己的事一点也不羞涩，问他学习成绩怎样，回了一句"还行"，后来，王志成背过他悄声告诉我说"一般"。我知道那个"一般"，是说余江的成绩不如想象的好。我提出去他家看看，他说远得很，路不好走，早就没住了。看他样子，是不想让我去。

等他上学去后，我再次说要去余江的老家。王志成说真的很远。我说："没事，不就是走路爬山吗，十五六里路走得下来，就当是锻炼，何况小车还可以前行一大截呢。"见我决心已定，王志成只好陪着我。

　　真的很远。余江的老家，在四川与贵州两省的边界线上。屋子的对面，隔一道湾就是贵州地界，甚至好长一段路都在贵州省的地面上，一条水泥公路也是贵州人修的。在贵州的地界上走了好远，王志成停在了一栋半新不旧的楼房前，我以为那就是余江住的房子，心里说"看外表还不差嘛"。王志成独自去了楼房。我欲跟过去，他摆摆手，说不是余江的房子，是他亲戚的。"很少来，打个招呼。"他补充说。

　　再行四五百米，王志成又停了下来，站在水泥路上，隔着林子往左边的小山一指说："那就是余江的房子。"透过树木的间隙，我看到几间破屋藏在一片竹林下，隐隐约约。扒开草丛，有一条泥巴小路伸向屋子。我急切想过去。王志成说："小心，路不好走。"我睁大眼睛慢慢走下去，发现确实不好走，若不仔细看，根本看不出有路可走，小路完全被荒草覆盖了。可见，那路已经长时间没人走了。

　　过一块马鞍似的干田，要再爬一道坎才进得了破屋。田里没种庄稼，长满荒草。屋前那坎虽不高，也就二三十米，但陡，幸好用了巴掌大的石块铺上，才不至于打滑。爬到半途我就在想：这样的路，两小孩在家生活时还得从坡下的田里挑水吃，幼小的身躯，怎么把水挑得上来？！怪不得说一天只吃一顿饭，即便有米，要煮熟怕也困难。

　　三间土墙瓦顶的房子，挨近竹林的两间，屋顶上的瓦几乎掉光了，应该是吹风时竹子弯腰横扫的，瓦楞子以前墙为界齐刷刷折断，像死尸般吊在墙上。离竹林稍远的一间，虽然瓦

楞子还撑着，但瓦片很稀疏了，到处是窟窿。阳光从窟窿里直射下来，墙根下的荒草长得茂盛。

立在破屋前，我有些胆怯，担心那被雨淋得摇摇欲坠的土墙随时会倒塌下来。不过，既然来了，我还是决定进屋看看。屋檐前已经没有了走廊，也没有路，我小心地扒开荒草与垃圾，一步一惊地往前挪。转到拐角处，终于看见了门。从门洞往里望，三开间的屋子一望到底，隔墙也只有门洞，没有门扇。屋里很潮湿，除了一口废弃的土灶、一口锈坏了的半边铁锅、两条生满苔藓的矮板凳、几个破碗，再看不到别的东西。里屋一张破床，已经朽坏，睡不得人了。说实话，我没敢再往里走，怕下脚重了，屋顶哗啦一声砸下来，把我埋了。每走一步，我都胆战心惊，放轻脚步，我小心地、慢慢地退了出来。

这个时候，我才理解了余江那小孩为啥不想让我来他的家。他家的对面，与他家相隔一湾水田，也就一箭之地，矗立着两栋全新的别墅式的小楼，看样子完工不过两三年，水泥路直通到了家门口。乡下，一栋漂亮光鲜的房子，是富有的象征，连说话也会硬气很多。两栋小别墅，跟余江的家形成了特别鲜明的对比，余江是怕被笑话。

回九支镇的路上，我跟王志成说："两个娃儿幸好碰上了你，要不日子真是不好说。"王志成说："其实也没做啥，就是帮忙照管一下。"他说得很轻松，就像提个篮子又放下，没有半点负担。我说："现在好了，两个娃儿都在场上读书，不用那么费心了。"王志成说"但愿吧"。话里的意思，是不见得会轻松多少。

或许他是有预见，新学期开学，事又来了。

王志成认为，按条件，两个孩子可以申请补助，所以他去跟学校商量，想给姐弟俩争取一点助学补贴。可是一查，发现姐弟俩竟然没有户口，上学是当地学校根据实际情况，按个例特殊处理的。没上户口的原因，是姐弟俩的爸爸妈妈没办结婚证，生了他们后爸爸妈妈又分开了，爸爸拿不出姐弟俩的出生证明，再加上一直在外打工，就没给上户口。国家的惠民政策，是针对户籍为中华人民共和国的本国公民。没有户口，就意味着无法享受国家的所有惠民待遇。弄清楚了事情真相，王志成又赶紧找镇上、村上、派出所，说明情况，把户口给补上了，给两姐弟办了身份证。

再次见到余江的时候，他已经长成了一个半大小伙子，正在读初三，还有半年初中毕业。我很奇怪怎么16岁了还初中没毕业。王志成说："因为没有户口，报不上名，后来通过村上镇上的努力，7岁了才读书。在家那段时间耽误也多，转学到九支中心校时，怕跟不上学习进度，又降了一个年级，所以现在还在读初中。"

王志成已经77岁，进村入户走田坎路已经不适应。一年前，他辞去了执行主任的职务，但还当志愿者，还照顾着余江。

王志成说，两年前，余芳初中已经毕业，因为成绩不是太好，报考了职业高中，自己也想读书，去学校交了500元的报名费。正准备入学的时候，她爸爸打电话来，说没钱供她读书了，叫去广州打工。她坚持想读书，但她爸爸断了她的生活费。没有办法，余芳去打工了。但是也好，读完了初中，能快速弄懂简单的技能，现在已经能拿到近5000元一月的工资了。交到职业学校的报名费，王志成专程去学校找了校长，说明是

贫困户的孩子，退回来给了余江做生活费。

余江也不让人省心，学习成绩不是很好，脾气却见长。读初二的时候，一次作业没完成，老师批评了几句，他就跟老师对着干。老师再说，他一气之下便跑了，一个星期不回学校，把老师吓得够呛。老师知道只有王志成才能说服得了他，便给王志成打电话，说余江跑了。王志成那个气哟，堵在胸口好一阵不顺畅。自己的孙子还没这样费心，没这样气过。王志成用手拍拍前胸，伸开双手前后甩了几下，感觉好多了，才迈开步子出去找余江。

从心底里涌出的"气"流，仿佛在积蓄能量。一种不可思议的势能，化为格外旺盛的精力和百死不悔的执意。王志成似乎总有消耗不尽的精力流溢。他在九支场上奔走、寻觅，直到天快黑时，才终于在一个洗车场里找到了余江。带着他回到家里，王志成气不打一处来，瞪着眼睛吼："翅膀长硬了，能飞了？这么多人关心你，帮助你，不知感恩，还敢跟老师对着干，你想怎么样？"余江涨红着脸，低着头不吭声。王志成几声吼过，刚一转身，余江就夺门跑了。

王志成没有去追，他大口喘着气，心情沉重地来到楼下。月亮已经升起来，月光落到身上仿佛多了些重量，使他的喘息和脚步都显沉重。他在街边的水泥凳上坐下来，让清风平息由体内喷发出的怒火，梳理自己的思绪。"是不是太冲动，火气太大，孩子接受不了？哎，现在的孩子，真是不好教育。"自怨自艾半天，气息慢慢顺畅。

晚上7点，中央电视台的《新闻联播》开始了，王志成才拖着疲惫的身子，慢慢起身回家。邻居早已经吃过晚饭，他却并不感到饿。要在平时，滨江路上早已出现他"饭后百步走"的身影了。

第二天，他再次把余江找回来，心平气和地摆了好一阵龙门阵。说读书的好处和知识的重要，说自己态度不好和粗暴。这一次，余江低着头听，没有红脸。然后，自己回学校去上课了。

说到这儿，王志成脸上逐渐晴朗。"这娃儿现在懂事了，不惹事，也晓得挣钱了。"他扭过头，望着余江说。王志成说余江暑假去洗车场打工，挣了 1000 多元钱。一天，有人送来一把菜、一包洗衣粉，余江自己没弄饭吃，都给王志成送来了。王志成那神态，比收到一篮子宝贝还满足。

余江走后，我和王志成坐着喝茶，谁也没有动。王志成盯着门外，目光仿佛能拐弯，跟着余江渐渐消失在远处的身影。他嘴唇动了动，似乎想再说点什么，终于没有说，端起茶喝了一口。日光正午，暖风轻轻拂来，吹醒了一个春天。

四

清明过后，学校还迟迟没有开学。山上的野花不少也已经开了，间插在碧绿的山林里，分外耀眼。今年特别，这么晚还没回学校，都是新冠病毒惹的，要不早就坐在教室里了。18 岁的施群宣还在读初三，她心里着急，巴不得早点回到学校去，读完该读的课程，兴许下半年能读上高中呢。早上起来，她盯着公路边上开得黄灿灿的野花发了一阵呆，然后返身进屋叫起妹妹施明丰，拿出书本开始做作业。

施明丰 16 岁，也在车辋镇中学读初三。两姐妹读同一所

学校,施群宣虽然大了两岁,却跟妹妹读同一个年级同一个班。这么大了还在读初中,两姐妹心中有说不出的苦痛。

即便如此,两姐妹还是没觉得丢人,也不自卑,认认真真地听课,做作业。

爷爷的脚步声从沟对面传过来,由远而近,逐渐清晰。"又是这么早。"施群宣心中一震,放下手中的笔,走出门来迎着爷爷,想帮着做点什么。"起来啦?"爷爷却堆上一脸的笑,跟孙女打个招呼,径直去厨房了。

看着爷爷佝偻的身影,施群宣呆呆地站在原地,心潮起伏,思绪回到了11岁那年。

也是这样的早晨,起床后她发现有些不对,脚脖子怎么生疼呢?她试着下地走走,依然疼痛,不过还能走。山里孩子,本来就没那么娇贵,兴许是昨天扭伤了吧,管他呢,能走就行。她没在意,照常上学去了。可是,一天过去,没有一丝好转的迹象。第二天,第三天……不仅疼痛没有缓解,脚底还慢慢地不平了。先是脚边侧转,渐渐地,脚脖扭曲,脚底往上翻,直到走不动路。不久,妹妹施明丰脚脖子也疼了,同样脚底往上翻,直到走不动路。

姐妹俩便都停学了。一家突然增加两个需要护理的病人,怎么吃得消呢?原本就不富裕的家,一下陷入绝境。爸爸的脾气越来越暴躁,妈妈整天跟爸爸怄气,日子没法过下去,两个人只得离婚。妈妈离开了家,爸爸也去广东打工了,两个残废的孩子,丢给了爷爷奶奶。

"那段日子真是苦得没法说。"见到施树清时,说起两姐妹发病的时候,他还心有余悸,这样告诉我。

　　我是谷雨前见到施树清的。那天，我和刘成轩到车辋镇，约了镇关工委执行主任魏成明，去施树清家，对两姐妹回访。山里也开始春耕，沿途到处是忙碌的身影。

　　"打电话来时，我正整理坎下那块田的护坡。"施树清说。

　　电话是魏成明打的。我们约上他，是找他带路，没想到施树清房子修过后，他也找不到具体位置，于是打电话叫施树清到公路边来接。从车辋镇出来，沿盘山公路弯弯拐拐走了半个多小时，到开始向金龙湖爬坡的地方，看见前方路边站着一位清癯的老农民。"那人就是施树清。"魏成明说。我看时间，已经快 11 点。

　　其实就在公路上方，上一个 10 多米的高坎，就是施树清新修的房子。一栋砖混小楼，只修了一层，预留了加层的空间，与原来的老房子隔一条不深的沟，有一条推平的路相连，直线距离不过百米，从推平的路上过去，也不到 200 米，去来很方便。

　　"是精准扶贫异地搬迁项目修的。"魏成明说。

　　我提出先到老房子看看，施树清说声"行"，便爽快地前边带路。

　　老房子在另一个山嘴，与新房子隔沟相望。三四间房已经推倒变成地基，剩余两间做了猪圈，养了一头猪。土墙，瓦顶，看样子已有些年了。土墙并不结实，勉强能住。另外用木板搭了一个棚，养了几十只鸡。木棚搭在一棵大李子树下，顶上堆满鸡屎。周围是连片的楠竹林，鸡散养着，在楠竹林里自由觅食。施树清说鸡怪得很，晚上不去棚里，就往树上飞，落雪天也住在树上。我说这正是城里人想要的土鸡，很好卖，多养点就是钱。他说是想多喂几只，但这些家伙食量大得很，没

那么多东西给它们吃。

"多种苞谷。"魏成明补一句。

"土都没有，种在哪儿？"他笑笑。

从新房子到老房子的路很宽，也平。施树清说是修公路推的，先前公路计划从老房子的山嘴上过，后来改道到山嘴下边了，路留了下来，方便了他出行。

新房子不宽，面积只有120多平方米。堂屋和坝子里都干净，看不到一点垃圾或是尘土，完全颠覆了我对一般贫困户不整洁的认识。在我们的交流中，施树清没有流露出半点愁容，没有一声哀叹，无论从他身上还是脸上，都看不到对生活的忧愁和畏惧，平静如一汪深潭。或许，正是这样一种乐观的态度，给予了他战胜困难的信心和勇气。

仔细看了看室内，我发现厕所安了马桶。"设施不错嘛，跟城里差不多。"我一声感叹。

"都是镇上为我那两个孙女安装的，国家为残疾人想得周到。"施树清说。

话题又回到两个孙女的病。

他依旧平静，叙述中带着疼爱。他眼睛盯着刘成轩，说："多亏了你们，还有好心人的帮助，要不然我真的不知道该怎么办。"

"完全康复没有？"我问。

"大的一个基本好了，小的一个要差点。不过医生说，完全康复了也不能像正常人那样做重活，生活能自理就很不错了。"他说。

"怎么想到向关工委求助？"

"其实我不知道关工委，是魏主任跟我说了，然后我才来求助的。多亏了你们，你不知道，那个时候我是真急了，也什么佛都去拜了，最后还是你们救了我，救了我两个孙女。"他眼睛看着魏成明说。

他说，两个孙女发病以后，开初在当地医院治疗了一阵，没有效果。他又带着两姐妹去成都、重庆。医生告诉他，这种病治不好，花钱也没用。他没有钱，带孙女去只是检查，看看有医治的办法没有，没想得到这样的结果。"要说不愁是假的，那段时间我就愁得要死。"尽管说到痛处，他还是那个口气。

"不到黄河，我不会死心。"他说。

伴随着零乱的脚步，日子一天天过去，他依旧到处打听。后来在北京工作的亲戚告诉他说，北京有个脑瘫医院，听说能治这种病。他求人网上查了，又找到去治疗回来的人询问，是真实的，高兴了好一阵子。然而，现实立刻又让他像泄气的皮球。没有钱，怎么去医治啊？他去镇上求助，魏成明说："我这里想想办法，凑一点，你去县里找关工委，把情况说一下，他们或许有办法。"这样，他来到了县城。

施树清站在刘成轩跟前时，刘成轩刚到办公室不久。"你是办……"刘成轩有些疑惑，但知道来人肯定有事，于是问道。

施树清介绍完自己，说了两个孙女的情况。一声声有如哭泣的诉说，被流动的空气洗得那么清晰。刘成轩听得双眉紧皱。世间竟有这样的病！突然间冒出来的噩讯，像针一般扎进心窝。他想：时间向前的每一分钟每一秒钟里，藏着孩子的多

大痛苦！

他站起来说："我跟你去看看。"

此时，和他一起穿山过河而去的，是他那颗急迫的心。他是个性急的人，晓得病人等不得。他要去把情况核实了，看看能帮上什么忙。

太痛苦了。看到两姐妹翻转的脚，刘成轩很吃惊，几乎不相信自己的眼睛。脚怎么会翻转呢？太不可思议了。

"有那么严重的病？"刘成轩回来向陈维国汇报的时候，陈维国也惊讶，他也没见过这样的怪病。"列入特困救助项目吧。"惊讶过后，他补充了一句。

县关工委特困救助一个孩子一次性补助 1 万元。刘成轩知道，要医治那样的病，1 万元显然不够。他又联系网上筹款平台，发动好心人捐资。魏成明也在车辋镇找了一家企业，捐了 5000 元。好歹筹了几万元，施树清带上两个孩子就直奔北京。

到了医院，医生说，这种病是脑神经出了问题，要先治脑，只医治脚是无论如何治不好的。再问费用，人家一个手术要 6.5万元。计算一下自己口袋里的钱，一个孩子的手术费都不够。他便向医生求情，说明了情况。医生叫来院长，看了两个孩子的病情。院长说："你带了多少钱？"他掏出钱来数一遍，还有不到 5 万元。院长说："这样吧，我们先给你治一个孩子，差的钱我们贴了，你看看医治哪个？"

施树清揪心啊，两个孩子都想治，选哪一个呢？当时已经农历腊月二十了，北方的冬天冷得要命，寒风呼呼地吹着，他翻来覆去地一夜睡不着。

"先医姐姐吧。"第二天，他跟医生说。

手术过后一个星期，施群宣就能下地走路了。就如在黑夜里看到光明，施树清碰见医生就是一声"谢谢"！笑容里，除了感激，还透出一丝焦虑。

该出院了，他却高兴不起来。

施树清永远忘不了那个场景。眼看年关逼近，家家都在忙年事。医院里的人也逐渐稀疏起来，能出院的，差不多都走了。唯有他们爷孙三个，待在医院里动弹不得。

"有啥事说出来，看看能不能帮你。"院长似乎看出了他的心事，问他。

他说没事，但嘴唇分明又动了几下，想说什么。院长转身欲走，他心里着急，最后咬着牙一跺脚，豁出一张老脸，鼓起勇气说："春节到了，想出院回家，但走不了。"

"不是留了回程的路费吗？"院长奇怪。

"春节车票涨价了，钱不够。"他说。他预留的是来时票价的钱。

问明差多少后，院长拿来500元，叫他打了张借条，说回家后有钱就还，没钱就算了，还派人帮忙把火车票买好送来。

"这世上就是好人多。"他跟两姐妹说，叫两姐妹记住，是这些好人救了她们。

腊月三十夜，爷孙三人终于回到了家。

一阵鞭炮声响过，一缕晨光从竹林顶端照射过来，把屋子渐次照亮。迎着晨光起早的，依然是施树清。放过鞭炮，他回身叫孙女施群宣起床。不是叫孙女起来干活儿，是他心急，

新年的第一天，想看看孙女的脚怎样。

如愿以偿。手术后，施群宣恢复得很好。

但是，施明丰沉默寡言，眼里透露出哀愁和渴望。施树清知道小孙女心里苦，她也希望自己能像姐姐一样，恢复正常人的生活，可是他没钱了！

施明丰的哀怨和痛苦，时刻折磨着他，开朗的性格也掩藏不住脸上的愁云。

时光挨到了 9 月的最后一天。施树清坐在自家屋门口，望着从赤水河岸一直延伸而来的苍苍林木，心情沉重，眼睛逐渐模糊。微风轻轻拂过，他似乎听见楠竹林下有人细语，一会儿，晃动的人影径直向他家走来。他患有眩晕症，时不时脑壳会发晕，有时走路都会跌倒。是不是眩晕又犯了？他赶忙抬手擦擦眼，摆摆头，没有天旋地转，可眼前确实有人。

立起身时，刘成轩和魏成明已经站在了他跟前。刘成轩拿出一张银行卡交给他。"卡里有几万元钱，10000 元是县委陈益良常委找基金会捐的，44444 元是网上筹款平台专门为你小孙女募捐的。"刘成轩说。

"哦哦"，他答应着，眼里闪动着泪花，接过卡的手有些颤抖。或许，他没想到刘成轩跟魏成明还记着小孙女；或许，想到了却没料到这么快，还是人家亲自把钱送来。

施明丰的手术也很成功。

"恢复得好吧？"我问。

"比姐姐差一点，也还不错。"施树清说。

"怎么就你一个人呢？"我有些疑惑。

施树清说已经开学,姐妹俩都去学校了。小孙子也在中心小学读三年级,因为离得太远,就在场上租了一间房,老伴住在场上照顾他们。儿子要出去打工,还没走,去坎下铲田坎了。

我用眼神示意刘成轩和魏成明:既然两个孩子不在家,我们就去学校看看两姐妹。两人读懂了我的意思,跟施树清打过招呼,我们就返程去车辋镇中学。

路上,我的眼前始终浮现着施树清那张平静中透着苦痛的脸,心里泛起一阵说不出的难受。68岁,早该享清福的年纪,却还如顶梁柱般操劳,孙女孙儿,是累赘还是希望呢?

当施群宣和施明丰出现在眼前时,我很惊讶。亭亭玉立的少女,如春天里的花朵般鲜艳,看不出半点的病态。姐妹俩衣着虽然朴素,却青春靓丽。

"谁是姐姐?"她们一高一矮,我分不出谁大谁小。

"她是姐姐。"高的那个指着矮的说。两人的脸上,都带着笑。

我说照张相吧。我把背景选在了操场的大榕树下,想看看她们的恢复状况。姐妹俩从一楼的教室门口走过来。从走路的姿态上看,姐姐施群宣已经恢复得跟正常人差不多了,不仔细观察,确实看不出有啥毛病,只是走得比健康人慢;妹妹施明丰要差些,或许是因为手术迟了一年的缘故,走起来还有点跛,但不明显。姐妹俩扫光了忧愁与苦痛,洋溢着青春与阳光。

太阳光从大榕树叶子的缝隙漏下来,星星点点洒在操场上,落在我们的脚前,形成一条闪着光亮的路,越往前越透亮,仿佛是在告诉姐妹俩:光亮的路就在脚下。

"特困救助的成果。"看到两姐妹从身体到心灵的康复，从中学出来，我冲刘成轩说了一句。

他笑笑，点头赞同，接住话头说："不光这两姐妹，特困救助每年救助5个特困学生，这些年来，算算有多少人？这个项目人数算少的，还有'朝阳工程'160人，每人1500元；'暖冬行动'1000多小学生受益；慈善基金会45名小学生和初中生，小学生1700元，初中生2300元。还不算企业临时资助。这几个项目都是固定的，每年都有这么多。"

"除了慈善基金会，其他的钱从哪儿来？"我问。

他说"五老"志愿者们从社会筹集，刘成轩负责基金管理。他说的当然不会错。

"还真正做了不少事。"我听了感叹。

"或许别人也在做，但我们尽量做到精准。"刘成轩很自信。

刘成轩说得没错。从我融入这个集体以来，所接触的扶助对象都是特别贫困的孩子。我知道，是一种信念，把这一群人拥进了这个集体。那一个个渴望的眼神里，有期望，有感激，有敬佩，虽然他们什么都没有说。

我忽然觉得，在春天里行走，脚下的步子变得坚实。而像我们这般行走的，不是只有我们几个人，而是有成百的人，成千的人，无数人。

回城的路上，车沿赤水河逆行。出车辆场不远，一架正在修建的大桥横跨在赤水河上。太阳下，工人们在挥汗忙碌。刘成轩似乎有所感触，突然一指大桥说："我们就像那桥。"

　　我一愣，但立刻明白了他所指。正要回答他，有鸟从桥上飞过，清风中落下几声鸟鸣。"不，我们是暖风，托起雏鸟的翅膀，让它展翅高飞。"我说。

　　"形象。"他笑。

　　一晃，鸟飞远了，入了白云深处。